걸크러시 ❶

CULOTTÉES, VOLUME 1
by Pénélope Bagieu

Copyright ⓒ Éditions Gallimard, 2016
Korean Translation Copyright ⓒ Munhakdongne Publishing Corp., 2018

This Korean edition was published by arrangement with
Éditions Gallimard through Sylvain Croissard Agency in cooperation with
Sibylle Books Literary Agency, Seoul.
All rights reserved.

이 책의 한국어판 저작권은 실뱅 크루아사르 에이전시와 시빌 에이전시를 통해
프랑스 갈리마르사와 독점 계약한 (주)문학동네에 있습니다.
저작권법에 의해 한국 내에서 보호를 받는 저작물이므로
무단 전재와 무단 복제를 금합니다.

이 도서의 국립중앙도서관 출판예정목록(CIP)은
서지정보유통지원시스템 홈페이지(http://seoji.nl.go.kr)와
국가자료공동목록시스템(http://www.nl.go.kr/kolisnet)에서 이용하실 수 있습니다.
(CIP제어번호: CIP2018028193)

걸크러시 1

삶을 개척해나간 여자들

페넬로프 바지외 지음 정혜경 옮김

문학동네

멋진 내 딸들에게

차례

클레망틴 들레

수염 난 여자

1865~1939

클레망틴은 힘이 아주 센
아이였다.

그래서 농사짓는 부모님을 척척 도울
수도 있었다.

아빠, 이거
어디에다
둘까요?

그런데 청소년이 된 클레망틴은 자신에게 남들에겐
없는 뭔가가 하나 더 생겼다는 사실을 발견하고…

뭐… 왜? 내 이빨에
립스틱 묻었니?

…그의 면도 인생은 그렇게 시작된다.

시간이 흐른 어느 날, 클레망틴은 빵집을 하는
조제프에게 첫눈에 반한다.

나 참,
빵을 사는 거야,
마는 거야?

히히

둘 다 서로 죽고 못 사는 사랑
이었다.

클레망틴 양,
신부는 신랑을 남편…

네!

한편, 새로 등장한 빵집 주인을 보고
손님들은 굉장히 놀라워했다.

더 필요한 거
있으세요?

그러나 조제프가 끔찍한 류머티즘에
시달리게 되자, 클레망틴은 그가 고통
받는 모습을 더이상 가만히 볼 수만은
없었다.

불쌍한
우리 자기!

그리하여 들레 부부는
업종을 바꾸어

보주 지역의 술집을 하나 사들인다.

가게에서 조제프는 장부를 관리
했다.

클레망틴은 서빙 일을 맡았으며

그만 마셔요, 르네!
당신 이미 엄청 취했다고.

필요한 경우엔
경비 일도 담당했다.

르네!
난 이미
경고했다!

그의 바에서는 클레망틴이
모든 걸 꽉 잡고 있었다.

뭐 좀
더 내줄까요?

그러던 어느 날, 하루는 장터 축제에 갔는데…

누군가 갑자기
클레망틴을 불러세웠다.

저기!

이 만남으로 클레망틴의 인생은 완전히 뒤바뀐다.

그렇다. 클레망틴은 그때 결심했다.

앞으론 절대 두 번 다시 면도하지 않을 거야!

그리고 이 결심 하나가 그녀의 운명을 바꿔나갈 터였다.

그때부터 수많은 사람들이 보주 지역의 유명 인사에게 서빙을 받기 위해 몰려들었다.

순식간에 유명해진 클레망틴은 자기 사진을 팔기 시작했고, 사진은 날개 돋친 듯 팔려나갔다.

'로베르에게'라고 써주세요.

애정을 듬뿍 담아 로베르에게…

사진 촬영을 위해 그녀는 남자옷도 입을 수 있는 허가를 받았다. (당시에는 엄격하게 금지된 일이었다.)

자, 어때, 깜짝 놀랐지?

클레망틴은 보주 지역을 넘어 프랑스 전역에서 그야말로 진짜 스타가 되었다.

저기, 실례지만 혹시 클레망틴 들레 씨 아닌가요?

1차세계대전 동안에 그녀는 군인*들의 마스코트가 됐다.

'해변의 클레망틴'이랑 바꾸자, 좋지?

* 프랑스어 'poilu'에는 '털복숭이' 말고도 '군인'이라는 뜻이 있다. (옮긴이)

들레 부부는 전쟁고아가 된 페르낭드를 입양했다.

오, 오, 살살 해야지. ♡

그러던 어느 날, 서커스단 단장이 클레망틴을 찾아와서는 거액의 돈을 제시하며 서커스단 합류를 제안했다.

당신은 우리 공연의 하이라이트가 될 겁니다! 여행을 떠나봅시다.

뭐라고요?

클레망틴은 유럽의 모든 왕가에 초대를 받기도 했다.

그런데 애통하게도 얼마 후 갑자기 조제프가 세상을 떠나고 만다.

잘 봐두렴, 베베트. 흔치 않은 기회니까.

안녕, 내 사랑.

남편을 잃었지만 부유하고 유명했던 클레망틴은 남은 생을 어떻게 살아가야 할지 고심했다.

어찌됐든, 나는 63세밖에 안 됐고, 내 앞엔 아직 살아갈 날들이 많이 남아 있잖아.

서커스에 들어가?

세계여행을 떠나?

그녀는 결국 자신이 처음 했던 일을 다시 시작하기로 했고, 보주 지역에 바 하나를 새로 연다.

르네!

클레망틴은 그렇게 마지막 여생을 타옹레보주라는 마을의 카운터 뒤에서 평화롭게 보냈다.

사실…

꼭 카운터 '뒤'에서만은 아니고…

그곳에서 클레망틴은 딸 페르낭드와 앵무새 한 마리와 함께 카바레 공연을 펼치기도 했다.

후에 클레망틴은 심장마비로 세상을 떠났고, 그녀는 자신이 직접 고른 묘비명을 남겼다.

수염 난 여자 여기 잠들다

은징가

은동고와 마탐바 왕국의 왕

1583~1663

킬루안지왕에게는 애지중지
사랑하는 자녀가 넷 있었다.

그중에서도 왕은 1583년에
태어난 아기를 가장 아꼈는데,

태어날 때 그 아이는 목에
탯줄이 감긴 채였다.

이 여자아이에겐 앙골라 말로 '둥글게
감긴'이라는 뜻의 '쿠징가'에서 따온
이름이 붙여졌다.

은징가.

그를 낳은 왕비는 왕에게 이렇게 예언
했다.

이 아이는
왕이
될 겁니다.

그때부터 은징가는 아빠의 사랑을
독차지했고, 왕은 그를 어디든지
데리고 다녔다.

심지어는 격하게 발발하던 전쟁에도 데려갔
다. 그 당시 은동고(지금의 앙골라)는 포르투갈
의 계속되는 침략에 시달리고 있었다.

그러나 아버지가 죽고, 왕위에 오
른 사람은 은징가의 오빠 음반디
였다. 그는 그다지 영민한 사람이
아니었다.

음반디는 자기보다 더 똑똑한 은
징가를 경계했다. (그건 그의 생각이
맞았다.)

의심과 약간의 망상에 사로잡힌 그는
신변의 위협을 이유로 자신의 누이 은
징가의 아들을 죽이라 지시했다.

그렇게 은징가는
새 왕의 가장 위험한 적이 되었다.

이 새 왕은 언변이 뛰어나고 명민한 여동생을 어떻게 해야 할지 잘 몰랐다.

나라 정세는 나한테 맡겨줘요. 그럼 오빠 근처에는 얼씬도 안 할게요.

폐하.

그래, 좋은 생각이다. 나는 아주 바쁜 왕이니까. 자, 가서 포르투갈인들과 교섭을 해라. 네가 있는 동안 이곳을 떠나라고 해! (헤헤헤)

포르투갈과의 협상을 위해 은징가가 파견되었을 때, 그의 나이 16세였다.

지금 장난해?

그들은 여리고 예민한 여자아이와 교섭하기란 식은 죽 먹기일 거라고 생각했다.

자, 이게 '권총'이란다, 꼬마야.

그를 당황하게 만들고 기를 죽이기 위해, 포르투갈 총독은 협상에 앞서 은징가에게 의자도 내어주지 않았다.

쿡 쿡 쿡

맨땅에 깔개 하나. 음분두 문화에서는 하층민들만 사용하는 것.

↓

하지만 은징가는 그런 식의 모욕에 흔들리지 않았다.

자, 그럼 시작해봅시다.

가차없는 협상가 은징가는 그들과 대등한 위치에서 자기의
요구사항들을 똑똑히 밝혔다.

알바카에서
발 빼세요.
그리고 노예들을
풀어주세요.

포르투갈은 그 협정서에 조인했다.

그러나 결코 조약을 지키지는
않았다.

1641년 네덜란드가 루안다를 점령하자,

쉿!

은징가는 포르투갈을 토벌하기 위해
네덜란드에 동맹을 제안했다.

그 당시 은징가의 집안은 비극적인 사건들에 휩쓸리며 조금 기묘한 왕위 계승을 이어갔다.

은징가의 오빠 음반디가
독살된 일이 있었는데

음, 아닙니다.
자살입니다.

음반디의 아들 역시 요절하고 만 것
이다.

음, 좋아.
그렇지만 난
말하지 않겠어.
내가
암살을
지시했다고.

그렇게 은징가는
이제 은동고의 왕이라
불리었다.

그는 또한 스스로 '남자'라 공식적으로 선언하고
절대로 왕을 들이지 않겠다 공포했다.

(그 대신 수많은 정부를 둔다.)

요컨대 은징가는 에너지의 대부분을 자기가 애호
하는 놀이에 쏟아부은 셈이다.

포르투갈인들을
죽이자!!!

나이가 굉장히 많이 들어서까지도 그는 전장에 나가 직접 군대를 이끌었다.

여러 번 쿠데타가
시도됐음에도
불구하고(물론 은징가가
번번이 좌초시켰다),
여러 유럽 열강의
억압에도 불구하고
(은징가는 그들 각국이
서로 싸우도록
조종할 줄 알았다)

은동고와 마탐바 왕국의 은징가는 힘으로
권력을 쟁취했고, 근 40년 동안 그 자리를
꿋꿋이 지켜냈다.

그는 마침내 포르투갈과 평화
협정을 맺은 후, 80세 나이에
죽음을 맞았다.

앙골라
루안다의
은징가 상

마거릿 해밀턴

무서운 배우

1902~1985

(아폴로호의 달 착륙 소프트웨어를 설계한 동명이인과 혼동하면 안 된다. 그 역시 굉장히 멋지지만.)

아폴로 11호의 소스코드를 기록한 문서 더미들 옆의 마거릿 →

우리의 마거릿은 1902년 미국 클리블랜드에서 태어났고, 우주 정복은 꿈꾸지 않았다.

오, 아냐!

(하지만 그는 결국엔 하늘을 날게 된다.)

나? 나는 배우가 되고 싶어!

오디션

마거릿은 로맨틱한 역할을 꿈꿨다.

···

다음 분!

저기, 제가 충고 하나 할게요.

코를 좀 고치세요!

물론 마거릿의 생각은 달랐다.

왜? 내 코가 얼마나 훌륭한데!

미쳤나봐, 그 사람!

그녀는 대신 다른 지점을 공략하기로 결심했다.

너도 연약하고 변덕스러운 미녀 역할 보러 온 거니?

그럼 제가 못생기고
악독한 의붓자매 역할로
오디션을 보면 어떨까요?

이렇게 새로운 전략을 내세운 마거릿은
최대한 많은 배역을 따내게 해줄 방침도 하나 더 세웠다.

제 개런티가
가장 저렴하답니다!

홀로 아들을 키우느라 그녀는
자질구레한 악역을 모두 받아들였는데,
그중 대표적으로 한 뮤지컬 공연에서는
마녀를 연기했다.

이 히 히 히 히

그러다 그 작품이 영화화된다는
소식을 들은 마거릿은…

이건 '나'를 위한 기회야!

오디션에 지원했고,
물론 마녀 역은
따놓은 당상이었다.

쇼 타임,
매기.

오디션 연기 막바지에 이르러, 자기 역할에 완전히 몰입한 그녀가
악마 같은 웃음을 터뜨리자 캐스팅 디렉터들은 정말로 공포에 질렸다.

이 히 히 히 히 히

수…
수고하셨습니다.

처음에 제작자들이 염두에 뒀던 아주 아름다운 배우는
(마녀 역할인데도) 영화 속에서 못생겨 보이고 싶지 않아
배역을 거절했다. 이제 할리우드의 유명한 이름들 옆에 자리
하나를 차지할 기회가 마거릿에게 돌아왔다.

1938년 〈오즈의 마법사〉 촬영이 시작되었다.
역할을 위해 마거릿은 분장을 했다.

당신 코와 턱이
너무 작아서
가짜로 뭐 좀
더 붙여야겠어요.

하하,
농담이시죠?

특히 피부에는 초록색 분장 물감을
두텁게 칠해 완전히 뒤덮었다.

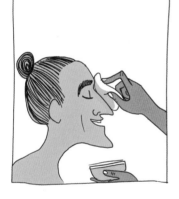

결과는 놀라웠다.

당시로서는 놀라운 특수효과를
보여준 영화였다.

살려줘,
토토!!

도로시가 서쪽 나라에 도착한 후 첫 장면에, 마녀가 자욱한 연기와
불길 속에서 공포에 떠는 먼치킨들 사이로 사라지는 장면이 있었다.

이히히히히

그런데 안타깝게도 촬영 당일 실수로
화재가 일어났고,
마거릿은 받침대 아래로
미처 몸을 피할 시간이 없었다.

그의 빗자루에 불이 붙었고,
불은 얼굴과 손으로 번졌다.

구리 성분으로 만들어진 초록색 분장은 잘 지워지지 않아
화상 입은 그녀의 피부에 직접 알코올을 발라 굉장히
세게 닦아내야만 했다. 그 고통은 상상을 초월하는
것이었다.

붙잡고 있어요.

회복되기까지
3개월이 걸렸다.

빨리
나아!
~주디

그러나 마거릿은 자리를 털고
일어나자마자 촬영을 끝내기 위해
곧바로 스튜디오로 향했다.

양손의 피부는 완전히
다 나은 것도 아니었다.

나머지 촬영분에서는
내내 초록색 장갑을 껴야 했다.

촬영은 마침내 끝이 났다. 하지만 마거릿 피부에
물든 초록색은 몇 주를 더 갔다.

영화 제작사 MGM이 어린이들을
모아놓고 시사회를 열었다.

그리고 그 결과는 재고의
여지가 없었다. "마녀가 너무,
심하게 무섭다." 마거릿이 나온
장면의 절반이 삭제되었다.

아아아아

진짜
괜찮으신가요?
안색이
너무 안 좋아
보이시는데요.

의미 있는
일이었어,
뭐.

〈오즈의 마법사〉 이후로
마거릿의 출연료가 많이 올랐다.

물론, 모든 이의 마음속에 각인될 만큼 강렬한 연기 덕에 (이후에도) 그는 주로 괴팍한 마녀 같은 역할들에만 캐스팅되었지만.

텔레비전 드라마
〈아담스 패밀리〉에서
모티시아의 엄마

그러나 마거릿은 전혀 개의치 않았다.
자신만의 특별한 재능을
누구보다 잘 알고 있었기 때문이었다.

무섭게 하는 걸로는 그가 최고였다.

마거릿은 어린이 프로그램 〈세서미 스트리트〉 중 한 에피소드에도 출연했다.

그러나 부모들의 항의가 빗발치자 해당 방송사는 그 에피소드를 결국 방영하지 않았다.

서쪽 나라의 이 악독한 마녀는 미국 영화 연구소가 뽑은 영화 역사상 최고의 악인 캐릭터 4위로 선정됐다.

1위는 한니발 렉터,
2위는 노먼 베이츠,
3위는

나!

〈오즈의 마법사〉는 전 세계에서 가장 많은 사람들이 본 영화가 되었다. (또한 유네스코 세계기록유산으로 등재되기도 했다.) 마거릿 해밀턴은 삶이 다할 때까지 자신을 따라다닌 그 역할 때문에 몇 세대에 걸쳐 아이들에게 공포의 대상이었다.

우!

그건 가혹한 운명의 장난이었다. 배우가 되기 전 아이들을 가르치는 유치원 교사이기도 했던 이 다정한 여성에게는.

끝!

오즈의
마법사

33

마리포사 자매

독재 정권에 맞선 자매들

미라발 부부에게는 딸이 넷 있었다. 네 자매는 도미니카공화국의 오호데아과에서 자랐다.

운좋게도 네 자매는 모두 명석했고, 결단성이 있는데다 아주 예뻤다.

그 당시 도미니카공화국은 스스로 '대원수'라 칭한 끔찍한 독재자가 철권통치를 이어가던 시절이었다.

라파엘 트루히요

트루히요는 1930년 쿠데타를 일으켜 집권했다. 잔인한 독재를 펼치며, 그는 무시무시한 비밀경찰을 동원해 반대파 인물들을 숙청했다. 어수선한 시국이었다.

대원수 만세

어린 미라발 자매들은 유복한 가정에서 별걱정 없이 자랐다. 자매들은 모두 가톨릭 학교에 다녔다.

15세가 되어 미네르바는 공부를 계속할 수 있게 해달라고 간청했다.

허어... 그래.

그 시절부터 미네르바는 특히 외국의 라디오 방송을 들으며 자국 정치에 대해 의문을 갖기 시작했다.

그러니까 뭐야, 폭군이잖아?

미네르바는 대학에서 법학을 전공하기로 결심했다.

자, 이거 읽어봐.

그리고 공산주의자 친구들을 사귀었다.

또 페리클레스 프랑코라는 젊은 이상주의자를 만났다.

그는 훗날 인민사회당을 창당한다. 도미니카공화국에서 그의 정치관은 이때 이미 구속감이었다. 그는 미네르바에게 사회 비판 정신을 일깨웠다.

그런데 예기치 못한 사건 하나가 미라발 자매들을 정치 활동에 뛰어들게 한다.

트루히요 궁전에서는 현대판 신데렐라 무도회 같으면서도 어딘가 음산한 파티가 열리곤 했는데, 소녀들이 그곳에 초대받은 것이다.

'대원수'는 번번이 그 파티에서 자기가 데리고 놀 어리고 예쁜 여자를 고르곤 했다.

그리고 그는 곧 (심드렁해 있던) 미네르바에게 눈독을 들였다.

얼마 후 여름이 되어 그는 또 한번 그녀를 파티에 초대했다. 미네르바는 자매들과 함께 파티에 갔다. 트루히요는 또다시 수작을 걸어왔다.

내 비행기 보여줄까요?

아뇨, 괜찮습니다.

어우 진짜 짜증나.

그리고 결국엔 해변에 있는 자기 관저로까지 미네르바를 초대했다. 이번에는 부하를 시켜 그녀 부모님 집으로 초대장을 직접 전달했다.

강제는 아닙니다.

미라발 가족은 미네르바의 일이 심각하게 걱정되기 시작했다.

초대에 응하는 게 나을 거야···

대신 우리가 함께 가줄게!

예상대로 이 독자자는 갈수록 더욱더
집요하게 굴었다.

어때요,
예쁜 아가씨,
좋은 굵은 게
좋지요?

미네르바는 더이상
참을 수가 없었다.

나 좀 그만
놔주시죠? 네!?!!!

그 순간 부모는 파티장을 빠져나가기로
했다.

그리고 말 나온 김에,
내 친구 페리클레스도 그냥
좀 내버려두시고요!!!

안···
안녕히···

저항 정신이 한껏 고취되어 있던
파트리아와 마리아 테레사는
미네르바를 아주 자랑스러워했다.

아니
보자 보자 하니까 정말!

그러나 애석하게도 트루히요는
이 굴욕적인 사건을 그냥 넘기지
않았다. 며칠 뒤 아버지가 구속
된 것이다.

아빠!!

그다음으로는 미네르바가, 그리고
친구들이 차례로 구속되었다.

미네르바와 친구들은 몇 주 동안이나 인민사회
당과의 관계에 대해 문초를 당했다.

또한 미네르바와 페리클레스
관계에 대해서도 마찬가지로
심문을 받아야 했다.

뭐
이런!!

미네르바는 트루히요 앞으로 사과의
편지를 쓴다면 풀려날 수 있을 거라
는 제안을 받았다.

퉤!!

좋습니다.

41

그렇게 미네르바는 결국 감옥을 나오게 됐고, 대학으로 돌아갔다. 그곳에서 그녀는 장차 남편이 될 마놀로를 만났다.

신부 만세, 혁명 만세!

(이 남자 역시, 물론, 열렬한 반트루히요주의자였다.)

자매들 가운데 다른 두 명도 완강한 '대원수' 반대파와 결혼했다. 미라발 가족은 곧 꼬마 혁명가들을 줄줄이 탄생시켰다.

독재 정치를 타도하라!

엄마아아!!!

미네르바는 인권에 관한 논문을 썼다.

특히 체제 변화의 필요성에 대한 내용이죠!

그리고 1957년 도미니카 최초의 여성 법학박사가 되었다.

그런데 그녀에게 박사학위를 수여하러 온 사람은 대원수 트루히요였다.

축하하네.

그는 미네르바에게 다짐을 했다.

당신은 절대로 법조계에 발을 못 붙일 줄 알아.

내가 직접 감시할 테니까.

그 무렵, 라틴아메리카에 독재 타도 바람이 불기 시작한다. 쿠바의 바티스타 정권이 무너지면서 트루히요의 독재 아래 갑갑했던 도미니카 사람들도 꿈을 품게 되었다.

그리고 6월 14일, 쿠바는 대원수에 맞서 군사 쿠데타를 일으킨 도미니카인들을 돕는다. 쿠데타는 실패했지만, 그 날짜는 저항단체의 이름이 되었다. (미네르바 역시 그 단체에 첫 비밀회동 때부터 가담했다.)

마놀로, '6월 14일 운동 모임'의 공동 창설자이자 지도자

미라발 가문의 세 자매는 '나비'라는 뜻의 에스파냐어 '마리포사'를 암호명으로 삼았다.

마리포사 자매

6월 14일 운동의 가담자들은
차례로 잡혀갔는데,

마리포사 자매와
그들의 남편들이 대표적이었다.

세 자매는 무시무시한 '콰렌타'
강제수용소에 수감되었고,
그곳에서 고문을 받았다.

세 자매는 점점 더 유명해지면서
가톨릭교회와
국제 여론의 지지를 받았다.

'국가 안보 침해'를 이유로 세 자매는
5년 복역 끝에 풀려났다.
남편들은 여전히 수감중이었다.

그때부터 세 자매는
도미니카인들에게
혁명의 상징이 되었고,

정세의 변화를 감지하기 시작한
트루히요에게
더욱더 거슬리는 존재가 되었다.

'마리포사 자매'는 불길한 예감이
들었다. 당시 너무 빈번했던 예의
그 '의문의 교통사고' 희생자 가운
데 하나가 될까봐 두려웠다.

불행하게도 세 자매의 예감이 맞았다.
1960년 11월 25일, 남편들의 면회를
위해 감옥으로 향하던 중 자동차 한 대
가 길을 막아섰다. 세 자매는 커다란 벌
채용 칼로 무참히 살해당했고, 시신은
그들의 지프차로 다시 옮겨진 후 차는
그대로 벼랑으로 추락했다.

그러나 국민들은 속지 않았다. 그리고
그 모든 일의 배후에 누가 있는지 아주
잘 알고 있었다. 여전히 최악의 평판을
얻고 있던 독재자 트루히요는 이렇게
표명했다.

들것에 실려나가지
않는 한 아무도 나를
쫓아낼 수 없다!

트루히요 역시 선견지명이 있었다.
1961년 5월 30일, 그 또한 차량 이
동중에 사고를 당한 것이다. 그의
차는 60여 발의 총탄을 맞고 벌집
이 되었다. 암살범들은 국가의 영웅
이 되었다.

오늘날 세 자매의 고향 지역은
'에르마나스미라발'(미라발
자매라는 뜻)로 명칭이 바뀌었다.

그리고
미라발 자매를 추모하는 뜻에서
매년 11월 25일이 '세계 여성 폭력
추방의 날'로 지정되었다.

43

요세피나 판호르큄

사랑 앞에 완고했던 여인

1820~1888

요세피나는 1820년 6월 28일
네덜란드 남부 루르몬트에서
태어났다.

그의 완전한 이름은
다음과 같으니,

요세피나
카롤린
페트로넬라
후버르틴
판아페르던

간단히 요세피나라고 부르자.

가톨릭 귀족 가문에서 태어난 그는
열 명의 형제 중 아홉째 아이였다.

엄마 마리아 아녜스는
← 물론 유모를 여러 명 두었다.

아주 일찍부터 요세피나는 자유를 열망했다.

어느 날 우연히 요세피나는
야코프를 만났고, 첫눈에 사랑에 빠졌다.

그러나 요세피나의 부모는
야코프 베르너르 판호르큄이
몹시 못마땅했다.

일단 나이가
너보다 열 살이나
많잖아!

더구나 일개 군인인 그는
귀족 가문의 요세피나에게는
전혀 어울리지 않는 상대였다.

그… 그 제복,
정말 잘 어울려요.

49

그러나 그중에 최악은 그가 개신교도라는 점이었다.
(두 연인은 아랑곳하지 않고, 1842년에 결혼한다.)

실제로 두 사람의 종파 차이는 루르몬트의
유력자들에게 충격을 주는 것을 넘어서
일상에서도 심각한 문제를 낳았다.
이 시절 네덜란드 사회는
일종의 선택적 분리에 기초했는데,
그것은 바로 빌럼 1세가 확립한

'필라주의'

'기둥으로 구분하다'라는 말에서 파생된 필라주의는
가톨릭교도, 개신교도, 유대교도 들이 각자 고유의 땅에서
자신들만의 시스템을 이루어 살아가는 정책이다.
그중에서도 결혼은 특히나 자신이 속한 사회 안에서 해야 했다.

요컨대, 이 두 사람의
결합을 두고 많은 말이
오갔다.

아주 잘됐네!
사람들 바쁘겠어!

요세피나와 야코프는
서로 너무도 사랑했고,
아이를 셋 낳아
가정을 꾸리는
그들을 필라주의가
막을 수는 없었다.

유난히 경직된 사회 속에서 요세피나는 전형적이지 않은
자신의 가족 모델을 인정받기 위해 애썼다.

흠…

가톨릭 병원

가톨릭 학교

가톨릭
식료품점

개신교 병원

개신교 학교

개신교
식료품점

그러나 여전히 부당함은 남아 있었고, 두 부부가 완전히
벗어날 순 없었다.

아, 어쨌든 말일세,
두 사람은 절대로…

…한 장소에
묻힐 수 없네!

요세피나는 필라주의에 염증을 느끼기 시작했다.

그래요, 고맙습니다.

실제로 그는 법 때문에 친정인 판아페르던 가문의 가족 무덤에 묻혀야 했다.

…그리고 그의 남편은, 묘지의 다른 편 끝으로 가야 했다.

한구석의 개신교 영역

가톨릭교 영역

루르몬트 묘지

물론 그는 그 법을 따르려 하지 않았다.

자, 기운 냅시다. 내가 해결책을 찾을 거예요.

1880년 야코프가 세상을 떠났다. 요세피나는 1888년 11월 29일 그를 따라갔다.

그리고 요세피나 판호르큄의 뜻에 따라, 루르몬트의 묘지에는 오늘날에도 여전히…

벽 하나를 사이에 두고 서로 이어진 두 개의 무덤이 자리잡고 있다.

로젠

아파치 전사이자 주술가

로젠은 1840년경 치리카우아 마을의 신성한 오호칼리엔테산 근처에서 태어났다. 훗날 아파치 전투를 이끈 빅토리오가 그의 형제다.

아주 일찍부터 로젠은 자기 성향을 드러냈다. 아파치 여자들에게 주어진 일에는 전혀 흥미가 없었다.

그는 활동적인 것이 좋았다.

로젠은 성인이 되어 통과의례를 치르기로 하는데…

의식의 막바지에 이르러 그는 절대 결혼하지 않겠다 선언했다.

저는 우리 부족을 위해 헌신하고 싶어요. 그래도 아무 문제 없다면요.

사실 치리카우아족에게는 그의 도움이 절실했다.

인하러 가자.

당시 이들 부족의 영토는 애리조나와 뉴멕시코 양쪽에 걸쳐 있었다.

아파치 땅

그런데 로젠의 가족이 모여 살던 산카를로스는 한정된 원주민 거주 지역 가운데 생활 환경이 열악하기로 유명한 곳이었다. 그곳의 환경은 끔찍했다.

추장이 된 빅토리오는 부족의 땅을 약탈한 뉴멕시코를 공격하기 위해 부족 사람을 모아 길을 떠난다.

나의 누이도 우리와 함께 간다.

알겠나?

로젠을 자신의 '오른팔'로 여겼던 빅토리오는 그에 대해 이렇게 말하기도 했다. "로젠은 남자처럼 강인하고, 그 어느 사내보다 더 용감하다."

그리고 말 훔치는 데 최고의 도둑이지.

하지만 무엇보다도 로젠은 어릴 적부터 샤먼으로서의 능력이 뛰어나 전장에서 특히 빛을 발했다.

말만큼이나 빠르게 달릴 수 있는 능력과 부상자를 치유하는 능력에 더해 전사 로젠은 야순이라는 신의 도움을 받아 적들의 위치나 숫자를 손바닥에서 볼 수 있었다.

로젠의 곁에는 전사가 한 사람 더 있었는데, 그의 이름은 다테스테였다.

다테스테는 잘 훈련된 정찰병이었고, 여러 언어를 구사했으며, 아파치족의 메시지를 전하는 사자이자 중재자였다.

그러나 집단 이주의 위험한 길 위에서 여성과 아이들을 안내하고 부족의 보호자 역할을 할 수 있는 전사는 로젠뿐이었다.

나를 따라 오세요!
두려워 마세요!

자, 이제 부족원들을 부탁해. 나는 전장으로 다시 돌아가.

1880년 멕시코인들이 트레스 카스티요스에 있는 아파치 부족의 은신처를 공격해왔다. 그러나 로젠은 예기치 못한 일을 해결해야 했다.

뭐, 지금요?!!

로젠은 말 한 마리와 장전된 총 한 자루만을 챙겨 어린 산모와 갓 태어난 아기를 안전한 곳으로 대피시키기로 한다. 전쟁터로부터 사흘이 걸리는 길이었다.

총소리 때문에 발각되지 않도록 총 대신 칼로 사냥을 하고,

때로는 길목에서 미군이나 멕시코군과 맞닥뜨리기도 하며…

그때마다 그들의 말과 무기와 식량을 털어가는 것도 잊지 않았다.

그리고 군복도.

마침내 로젠은 아이와 엄마를 안전한 곳까지 호위해주었다.

난 이만 가볼게!

그러나 그가 자리를 비운 사이 빅토리오와 그의 전사들이 적군의 함정에 걸려 붙잡히고 말았다.

소식을 접한 로젠은 그들을 구하기 위해 속도를 높였다.

하지만 안타깝게도 이미 너무 늦은 후였다. 빅토리오는 적의 손아귀에 희생당하느니 차라리 자신의 칼로 스스로 목숨을 끊길 원했던 것이다.

분노와 슬픔에 이성을 잃은 로젠은 두 달 동안 쉬지 않고 멕시코에 공격을 퍼부었다. 그러다 아파치족 최고의 전사였던 제로니모와 합류했다.

로젠은 1886년 제로니모가 항복할 때까지 그의 곁에서 함께 싸운다.

그러면… 그러면 우린 어떡합니까?!

나는 너무 지쳤네, 로젠.

그후 로젠은 앨라배마의 감옥에 수감되었고, 높은 습도에 익숙하지 않았던 그는 결핵에 걸려 갑자기 사망한다.

그의 시신은 격식에 따라 응당히 안장될 수 있도록 아파치족에 반환되었다.

애넷 켈러먼

인어가 된 소녀

1886~1975

1886년 7월 6일, 호주 출신 바이올리니스트 아빠와 프랑스 출신 피아니스트 엄마 사이에서 애넷이 태어났다.

그런데 이 가엾은 아이는 6세에 척수성 소아마비에 걸리고 만다.

그래서 애넷은 몇 년 동안이나 무거운 보조 기구를 착용해야 했다. 의사는 애넷의 부모에게 아이가 근력을 키울 수 있도록 수영장에 보내라고 조언했다.

수영요? 선생님?

그렇게 애넷은 수영을 시작했다.

매일매일.

15세, 그는 더이상 보조 기구가 필요하지 않았고,

덤으로 지역 수영 대회에서 100미터 자유형 챔피언이 됐다.

애넷은 본격적으로 수영 대회에 참가하기 시작했다. 그리고 유럽의 선수들에게 도전해보기로 결심했다.

나랑 붙어보자!

호주

그는 세 번이나 영국해협 횡단에 도전했다.

(기대했던 성과를 얻지는 못했지만, 다른 남자 선수들을 능가하는 능력을 보여주었다.)

19세의 이 어린 호주 여성이 센 강에서 수영하는 모습을 본 유럽인들은 굉장히 놀라워했다.

봉주르!

그렇게 애넷은 자신의 진정한 취향과 참된 재능을 발견한다. 바로 스포츠 퍼포먼스를 선보이는 것이었다.

그는 수영이라는 자기 분야에서 화려한 볼거리를 점점 더 중요하게 생각했고, 마침내 진짜 공연에 몰두하기 시작했다.

엄청난 높이에서 다이빙

수족관 공연 레퍼토리

인어 분장

그런데 그 당시 여성용 수영복은 무겁고 불편한데다 거추장스러웠다.

적어도 햇빛에 탈 걱정은 없겠네.

빅토리아 시대의 엄숙주의는 호주에도 영향을 미쳐 1903년까지 여자들은 대낮에 수영을 할 수 없었다.

눈 감아라, 얘야! 어느 정숙지 못한 여자가 발목을 다 드러내놓고 있구나!

어디? 어디요?

애넷이야말로 그에 대해 할말이 많았다. 그때까지의 수영복은 모든 것을 고려해서 만들어진 옷이었다. 단…

수영만 제외하고.

그래서 그는 물속에서 자유롭게 움직일 수 있는 여성용 수영복을 연구하기 시작하여…

어깨끈

몸에 꼭 맞게

자유로워진 다리

…직접 속옷들을 자르고 이어 붙여 견본을 완성했다.

그리고 우연한 기회에 런던 왕실 가족 앞에서 수영을 하게 되었을 때, 자신이 만든 수영복을 처음 선보이기로 했다.

짜잔!

사람들은 분노했다. 하지만 애넷은 자기도 모르는 사이에 수많은 여성의 삶을 혁신하고 있었다.

애넷은 거기서 멈추지 않고 좀더 앞으로 나아갔다. 수영복의 다리 부분을 잘라낸 것이다.

하아아 ♡

그런데 애넷의 무람없는 행동이 미국 경찰들의 눈에는 너무 지나친 모양이었다. 그는 1907년 매사추세츠의 한 해변에서 외설죄로 체포된다.

젊은 아가씨가 말야, 수치심도 없어요?

법정에서 애넷은 운동 종목과 연관된 '기술적인 필요성'에 대해 변론했다.

무죄!

재판까지 간 이 논란으로 애넷의 수영복은 세계적으로 유명해졌다. '켈러먼 스타일'은 해변을 배경으로 사진을 찍는 핀업걸들에게 바로 도입됐고…

그 일을 계기로 애넷은 모든 여성들을 위해 수영복을 상품화할 수 있었다.

꼴찌로 들어오는 사람이 할망구다!

그리고 세상을 떠들썩하게 만든 '인어'에게 할리우드에서도 곧 관심을 보이기 시작한다.

자, 준비!

그도 그럴 것이, 애넷만큼 연기도 하면서 직접 의상도 고안하고, 수중 스턴트까지 잘해낼 수 있는 사람이 누가 또 있겠는가?

악어랑 같이 수영하는 건데, 가능하겠어요?

물론이죠.

애넷은 영화 속에서 수중발레의 시초가 될 만한 연기를 선보이며 새로운 영화 장르를 탄생시켰다. 에스터 윌리엄스 같은 배우들에게 길을 열어준 것이다.

(1952년 영화에서 애넷 역할을 맡았던 에스터.)

수중 연기로 배우 이력의 정점에 오른 애넷은 자신의 매니저와 결혼을 한다.

애넷의 신체 비율을 연구한 하버드대학의 한 교수는 그를 밀로의 비너스에 비견하며 '완벽한 여인'이라 부르기도 했다.

네, 맞아요.

얼굴만 빼면요!

정작 당사자는 무관심한 듯 말했다.

애넷은 다 합쳐서 스무 편가량의 영화를 찍었지만…

오늘날 볼 수 있는 영화는 〈남쪽 바다의 비너스〉뿐이다. 그의 영화 가운데 가장 유명한 작품은 제작비 사상 최초로 백만 달러 이상이 투입되었던 영화 〈신들의 딸〉이었다. 하지만 개봉 후 사람들의 관심을 사로잡은 건 주인공 역을 맡은 그녀의 연기였다.

완전히 누드로 등장한 것이다.

(당대 영화제작에 있어 또 하나의 위대한 첫걸음이었다.)

몸매 비결에 대한 질문이 끊임없이 이어졌고,

그래서 애넷은 조언들을 엮어 책으로 출간하기로 결심했다.

애넷 켈러먼

어떻게 수영할까?

책이 인기를 끌자 애넷은 독자들과 편지를 주고받으며 자신의 비법을 전수하는 아이디어를 내기도 했다.

애넷 켈러먼과 함께

건강하게 아름다워지세요!

그렇게 애넷은 건강한 몸과 행복에 점차 더 많은 관심을 갖게 되었다.

또한 애넷은 당시 여성들에겐 거의 낯선 담론인 체육 활동의 효용에 대해 격찬하며 권장하기도 했다.

그리고 올바른 영양 섭취의 중요성을 생각한 그는 우리가 무엇을 먹느냐에 따라 건강이 좌우된다고 강조했다. 그는 캘리포니아에 채식주의 식료품점을 열었다.

호주의 인어 애넷은 남쪽 바다의 전설들에 관한 어린이책도 한 권 썼다.

그리고 그는 날마다 수영을 했다. 삶이 끝날 때까지…

(그의 나이 89세가 될 때까지…)

유골이 되어 깊은 바닷속 그레이트배리어리프에 닿을 때까지…

운동선수? 배우? 사업가?
애넷 켈러먼의 생애를 한 단어로 정의하기는 어렵다.

그럼에도 불구하고 그의 인생을 한마디로 요약한다면 이렇게 말할 수 있을 것이다.

저는 여성들이 자신의 몸을 해방시킬 수 있도록 도왔습니다.

딜리아 에이클리

탐험가

1875~1970

딜리아 줄리아는 미국 위스콘신주 비버댐의 아주 가난한 아일랜드 이주민인 패트릭과 마거릿 데닝 부부의 아홉 자녀 중 막내였다.

딜리아는 얼굴 한 번 찌푸리지 않고 집안일을 돕는 조용하고 차분한 아이였다.

그의 아버지는 화를 잘 내는 사람이었다. 그의 나이 13세였던 어느 날, 아버지가 유독 심하게 화를 냈다.

그래서 딜리아는 집을 떠났다.

아주 영영.

그는 시카고로 도망을 쳤고…

칼 에이클리라고 하는 뛰어난 박제사의 조수가 되었다.

누… 눈, 여기 있습니다.

어, 고맙네.

에이클리는 박제품 제작자들 가운데 최고로 통했다. 뉴욕 자연사박물관의 유명한 디오라마를 제작한 인물이었다.

75

1902년, 두 사람은 결혼했다.

결혼 후 딜리아는, 박물관에 필요한 표본 제작을 위해 아프리카로 대규모 사냥 여행을 떠나는 남편을 따라나섰다.

현장에서 딜리아는 탐험대의 일을 속속들이 관리하는 법을 배운다.

지금은 안 돼요. 휴식중이잖아요!

한번은 케냐에서 사냥을 하던 중에 남편이 코끼리에게 공격을 당한 일이 있었다.

팀원들 모두 그가 죽거나 말거나 내버려둔 채 줄행랑을 쳤고,

혼자 남겨진 딜리아가 남편을 업고 산을 넘어 병원으로 향했다.

그렇게 칼은 딜리아 덕분에 몇 차례나 목숨을 부지한다.

우… 우리 엄마가 보여…

탐험이 끝나고 두 사람은 딜리아가 제이티 주니어라고 이름 붙인 작은 원숭이 한 마리를 데리고 왔다.

칼이 자기 문하생들과 기나긴 저녁 자리를 보낼 때면 제이티 주니어는 딜리아의 좋은 친구가 돼줬다.

에이클리 부부는
결국 이혼을 했다.

칼은 곧바로 재혼했다.

칼보다 거의 25세쯤 어린 새 부인이
이제 그의 탐험에 동행했다. 결혼 2년
후, 새 부인은 그의 목숨을 에볼라로
부터 구하지는 못한다.

딜리아는
딱히 할일이 없었다.
그의 나이 50세였다.

딜리아는 홀로 떠나는
첫번째 아프리카 탐험을 결심한다.

원래
잘 아는 것부터
시작하는 거야.

인도양에서부터 에티오피아 사막까지,
딜리아는 카누를 타고 혹은
낙타를 타고서
아프리카 대륙을
성큼성큼 나아갔다.
그는
아프리카를
횡단한 최초의
여성이었다.

그러다 그는 점점
민족지학에 관심을
갖게 되고

그후 자신을 사로잡은 신비로운 피그미족을
만나러 다니며 몇 년 동안 연구 활동에 매달
린다.

이투리 숲에서
여러 달 동안
피그미족과
함께 생활함.
←

그리고 마침내 그는 그동안 관찰
한 내용들, 특히 영장류에 대한 이
야기를 책으로 출간한다.

J.T. 주니어 -
어느 아프리카
원숭이의 일대기
딜리아 에이클리

딜리아 에이클리는 플로리다에서
약 100년의 삶을 마감했다.

기분좋은 일들로 가득했던
인생의 후반기였다.

조세핀 베이커

무용가, 레지스탕스 활동가, 한 가정의 엄마

1906~1975

캐리와 에디는 세인트루이스 거리에 있는 카바레에서 공연을 하다가 서로 사랑에 빠졌다.

1906년 두 사람 사이에 딸이 하나 생겼다. 이름은 프리다 조세핀.

아이는 태어나자마자 무대에 올랐다.

그러나 몇 달 뒤 에디가 떠나버리고, 캐리 혼자 모든 걸 헤쳐나가야만 했다.

조세핀은 일찍이 부모님과 같은 길을 걷기 시작했다.

엄마가 새로운 연애를 할 때마다 자꾸만 늘어나는 식구들을 먹여 살리느라 이 어린 소녀는 부잣집 마나님들 집에서 (때때로 학대를 받아가며) 청소를 해야 했다.

13세에 조세핀은 윌리라는 소년과 결혼을 한다.

그리고 1년 후 남편과의 관계를 끝장내고 나온다. (물론, 그들은 이혼했다.)

그는 자신의 직감을 믿고 전문 무용단에 들어가기 위해 노력했다.

조세핀은 흑인 댄서들만 설 수 있는 공연 무대에 서게 된다.

그는 결국 브로드웨이 무대에까지 올라가게 됐는데, 백댄서로서 끼를 발산하며 주목을 받았다.

그리고 그곳에서 은인을 만나게 된다.

나는 파리에서 쇼에 오를 흑인 아티스트들을 찾고 있어요.

조세핀은 3초쯤 망설이다가…

(지긋지긋한 관계를 이어가던) 엄마와 가난, 그리고 미국 땅을 떠나기로 한다.

안녕!

1925년 조세핀은 셰르부르 항구에 발을 디딘다.

그렇게 버라이어티 쇼 〈흑인 레뷔〉가 샹젤리제의 극장에서 첫선을 보였다. 파리 사람들은 새로운 음악에 열광했다. 바로 '찰스턴 재즈'였다.

프랑스는 기존의 미국 문화와는 전혀 다른 흑인 문화에 눈을 뜨기 시작했다. 그중에서도 특히 조세핀에게 주목했다.

그는 순식간에 입체파 작가들에게 센세이션을 일으켰다.

조세핀, 알렉산더 콜더, 1928년 작.

쇼의 어마어마한 성공에 힘입어 조세핀은 자신만의 날개를 펼쳤다. 〈흑인 레뷔〉를 그만두고 폴리베르제르 극장에서 쇼를 이끄는 주인공이 된 것이다.

바로 그곳에서 조세핀은 그 유명한 '야만인의 춤'을 만들어냈다. (트월킹의 조상 격인 춤이랄까.)

조세핀은 시칠리아 남자와 사랑에 빠진다. 음험하고 거짓말쟁이에다 부업이 기둥서방인 주세페 '페피토' 아바티노라는 남자였다.

그는 조세핀의 매니저가 됐다.

그리고 약 10년 동안 조세핀의 모든 도전에 함께한다.

조세핀은 새로운 공연을 선보였다. '시키타'라는 치타가 또다른 주인공이었다.

시키타는 노는 걸 좋아했고, 무대 밖으로 자주 도망쳤다.

파리에서 시키타는 조세핀의 다른 동물들과 함께 우리에서 지냈지만, 순회 공연중에는 그녀의 침실에서 잤다.

← 투투트

알베르

한편, 조세핀은 영화에도 도전했고 장 가뱅과 같이 연기했다. (시나리오를 쓴 페피토도 함께했다.)

영화에서 비중 있는 역할을 맡은 첫 흑인 여성

흥행은 기대에 못 미쳤지만. 이 영화를 계기로 조세핀은 노래를 부르기 시작했다.

나의 두 사랑…

그리고 이번에 대중은 즉각적으로 열광했다.

반짝 스타였다면 한 번의 히트로 만족했을 지점에서, 지독한 노력파였던 조세핀은 노래 실력을 키우기 위해 스스로를 더욱 채찍질했다. (그리고 그 노력은 성공적이었다.) 1934년 조세핀은 자신을 위해 재편곡된 오펜바흐의 오페레타 〈크레올 여인〉에서 주인공 역을 맡아 마리니 극장에 오른다.

그는 프랑스어로 연기하고, 파리에 대한 애정을 (마찬가지로 프랑스어로) 노래했다. 이제 〈흑인 레뷔〉는 아주 먼 옛날 이야기였다. 조세핀은 더이상 단순한 이국적인 볼거리로 머물고 싶지 않았다.

미국에선 숨이 막혔어요. 파리가 날 자유롭게 해줬죠!

그도 그럴 것이, 프랑스에는 인종 분리 현상도 없었고(조세핀은 가고 싶은 곳 어디든 갈 수 있었다), 청교도적인 엄격성도 없었다. (그는 '두 개의 사랑'보다 조금 더 많은 사랑도 가졌다.)

한편, 그 무렵 조세핀은 〈지그펠드 폴리스〉 공연을 통해 뉴욕으로 '컴백'을 시도하기도 했지만, 미국 사회가 받아들이기에 그는 너무 노출이 심했고, 결국 철저히 외면당하고 말았다.

자기들만 손해지 뭐!

지긋지긋해! 프랑스로 진짜로 가버리겠어.

조세핀 베이커는 그의 마음의 고향인 프랑스 국적을 정식으로 취득한다.

그런데 바로 그 시기에 나치 점령이 시작됐다.

오, 말도 안 돼! 지금껏 프랑스 사람이 되려고 얼마나 고생했는데!

내가 할 수 있는 일이 분명 뭔가 있을 거야.

그렇게 조세핀은 레지스탕스의 비밀 정보원으로 활동하기 시작했다.

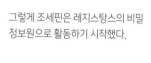

터무니없는 짓이에요!

단순 확인용입니다, 아가씨!

해방 후, 조세핀은 전쟁중 감수해낸 위험한 일들의 공로를 인정받아 군 최고 예우를 받았다.

사교계 생활을 이용해 비밀 정보들 훔쳐냄

자기 악보 위에 은현잉크로 쓴 메시지를 전달함

공군 여군 소위

그리고 조세핀은 다시 한번 결혼했다.

다섯번짼데, 좋은 사람이에요!

조 부용, 오케스트라 지휘자

아, 그런데 안타깝게도 그는 아이를 유산하게 된다. 상황이 심각했고, 수술 후 다시는 임신이 불가능해졌다.

조세핀은 대저택을 한 채 사서 힘이 닿는 대로 전 세계의 아이들을 입양하기로 결심한다. (그렇게 그의 '무지개 부족'이 꾸려진다.)

그는 세계 각지로 공연을 다녔다. 여전히 인종 분리 분위기가 팽배한 미국도 그중 하나였다.

백인 전용

조세핀은 클럽 사장들과 서로 죽일 듯이 싸우고, 여러 바에서 소란을 피웠으며, 인종 분리를 지지하는 공연장에서 지급하는 출연료는 받지 않았다.

(그레이스 켈리)

그만 가자, 조세핀!

저 자식이···

마침내 자신이 가야 할 길을 깨달은 조세핀은 마틴 루서 킹의 편에 서서 함께 걷는다.

우리는 행진한다

그리고 그때부터 공민권운동과 인종차별 철폐를 위해 자신의 모든 에너지를 쏟았다.

백인과 흑인은 소금과 후추처럼 어우러져야 해. 반드시!

조세핀은 '인종차별과 반유대주의 투쟁 연맹(LICRA)'의 대표가 됐다. (당시 명칭은 아직 LICA였다.)

(그러나 이런 모든 활동을 하느라 그는 무대에 많이 서지 못했다.)

조세핀의 재정 상태는 아주 어려워졌다.

와, 엄마!!

파스타다!!

어쩔 수 없이 그는 (많은) 아이들과 함께 살던 집에서 쫓겨나야 했다.

조세핀은 모나코의 왕비가 된 친구 그레이스 켈리에게 의지할 수 있었다. 켈리는 아파트를 하나 사주었고,

너무 걱정하지 마. 힘내, 조세핀.

또다른 친구 재키 오와 힘을 합쳐 조세핀이 화려하게 무대에 복귀할 수 있도록 재정적인 후원을 해줬다.

1975년 보비노 극장 활동 모습 ←

조세핀은 파리 지역 순회공연중이던 1975년 4월 12일 뇌졸중으로 사망한다. 보비노 극장측에서 그녀의 장례비를 댔다.

안 그랬으면 싸구려 소나무 관 속에 들어갔을 거예요.

마들렌성당에서 치러진 그의 장례식에 수천 명의 사람들이 몰려들었다. 전 세계 각지에서 도착한 꽃은 그의 뜻에 따라 무명용사의 무덤 앞에 놓였다.

안녕, 조세핀

최고의 예우를 갖춘 프랑스 군대의 의식을 거쳐 조세핀은 모나코의 묘지에 안장되었다.
(장례식중에는 조세핀의 대표곡 〈나의 두 사랑〉이 연주됐다.)

그리고 조세핀은 자신의 '부족' (그러니까 열두 명의 자녀들) 외에도, 수많은 버려진 아이들을 도와줄 수 있는 자선단체를 남겼다.

바나나 치마를 입고 춤을 추는 댄서로만 알려지며 저평가되어왔지만, 조세핀 베이커는 무척 이타적이고, 사회참여적이며 용감한 여성이었다.

최소한 그 정도는 돼야 했다. 금성에 있는 분화구 하나에 미주리 출신 아이의 이름을 붙여주려면.

Pénélope

토베 얀손
화가, 무민 시리즈 창조자

1914~2001

토베 마리카 얀손은 파리에서 잉태되어 1914년 8월 9일 헬싱키에서 태어났다.

그는 걸음마도 떼기 전에 이미 그림을 그리기 시작했다.

아버지 빅토르는 조각가였고, 가족은 모두 그의 작업실에서 살았다.

토베는 유쾌하고 창의적인 가정에서 자랐다. 아이들과 부모가 며칠이고 신나게 놀고, 함께 그림을 그리고, 서로 이야기를 들려줬다.

엄마 시그네는 일러스트레이터였다. 시그네는 그림을 그리고, 승마와 사격을 하고, 남편과 아이들의 생계를 책임졌다. 딸에게 본보기가 되는 존재였다.

그의 어머니는 딸이 남들의 기대에 구애받지 않고 자신이 좋아하는 일을 할 수 있도록 독려해주었다.

토베는 13세 때 자기의 첫 책을 낸다.

사라와 펠레

그후로 토베는 순수 미술을 공부하기 위해 스톡홀름, 로마, 파리로 유학을 떠난다.

그러나 토베는 자신의 자리를 찾기가 어려웠다.
어느 학교에서든 여성은 환영받지 못하는 분위기였다.

예술이란, '불알'에서
나오는 겁니다. 알겠어요?

...

같이 수업을 듣던 친구들은 대부분 가정에 헌신하기 위해
미술 공부를 그만두었다.

글쎄, 나는 결혼할 시간이 없어!
한 남자를 떠받들어주고 달래주고 그럴 시간이 없다고!
그러다가는 나쁜 부인이 되거나
나쁜 화가가 되거나
둘 중 하나야.

토베는 학교를 그만둬버리고
예술가 모임을 만든다.

(그리고 헬싱키로 돌아왔다.)

토베가 핀란드로 돌아오고,
2차세계대전이 발발했다.

그의 남동생이
전장에 나갔다.

그의 가장 친한 유대인 친구는
미국으로 도피했다. 토베는 몇 년 동안
계속 전쟁의 악몽에 시달렸다.

그는 그 공포와 절망을 정치적 그림을
그리며 해소해나갔다.

(1938년 잡지
〈가름〉에 실린 그림)

그리고 또 한편으로는 평화로운 트롤 가족을 상상했다.
아름다운 골짜기에 살다가 혜성 충돌을 예견하고 집을 떠나는 트롤 가족을.

이들이 바로 1945년 탄생한 무민 가족이었다.
그리고 그들은 그렇게 토베의 인생을 바꿔놓는다.

초기에 무민 그림책 작업은 화가로서의 작품활동 틈틈이 그저 부수적으로 하던 일이었다. 모두 그의 행복했던 어린 시절에서 영감을 얻어 만들었다.

무민 가족은 매혹적인 섬으로 소풍을 떠난다.

자유분방한 무민 마마는 아이들도 그렇게 살도록 곁에서 격려해준다. → (담배 피우는 것까지도.)

조금 별난 친구 리틀미는 ← 어린 시절 토베의 모습이다.

무민의 모험은 물론 어린아이들을 위한 것이긴 했지만, 그래도 토베는 그 시리즈를 통해 계속해서 자기 인생에 대해 이야기해나갔다.

모든 정물과 모든 풍경, 모든 것은 자화상일 뿐이다.

이를테면 토프슬란과 비프슬란 같은 캐릭터를 통해서 말이다.

둘은 매일 손을 잡고 산책하고, 여행가방 하나와 아무에게도 털어놓을 수 없는 비밀 하나를 품고 다닌다.

당시 핀란드에서는 동성애가 불법이었고, 토베는 이미 결혼한 여자와 비밀스러운 사랑을 하고 있었다.

(토프슬란과 비프슬란의 가방에는 아름다운 루비가 들어 있었고, 다른 이들이 끊임없이 이 보석을 빼앗으려 한다.)

토베의 책들은 큰 성공을 거뒀다. 그녀는 탑처럼 솟은 작은 성 꼭대기에 작업실을 마련했다.

꿈은 이뤘다!

대중들은 얀손의 우아하고 엄청나게 표현력이 풍부한 필치를 알아보기 시작했다.

건배!

첫 단독 전시회, 1950년

영국의 한 신문사에서는 새로운 만화 코너에 무민 시리즈를 연재하자고 제안해왔다.

토베는 그 제안을 받아들였다. 앞으로 자신 앞에 어떤 일이 펼쳐질지는 잘 알지 못했다.

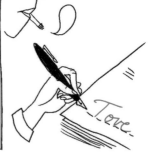

94

만화는 즉각적인 성공을 거두었다. (그리고 아주 빠르게 세계적인 인기를 얻었다.) 그렇게 전 세계 1200만 명의 독자들이 지켜보는 가운데 무민 가족의 모험은 계속되었다.

매일매일

7년 동안

토베는 다른 작업은 아무것도 할 수가 없었다. 더이상 자기만의 그림을 그리지도, 글을 쓰지도 못했다. 사람들은 그를 '무민의 엄마'라고 부르기 시작했다.

연재를 위해 날마다 새로운 아이디어를 내고, 구독자들이 보내온 편지에 직접 답장을 쓰느라…

사랑하는 무민에게

…토베는 자기 시간을 오직 신문 연재 일에 송두리째 바쳐야 했다. 전혀 행복하지가 않았다. 자신이 만든 무민들이 싫어질 지경이었다.

그 무렵 월트 디즈니사에서 무민 가족 캐릭터를 사고 싶다고 제안해왔다. 하지만 토베는 단칼에 거절했다.

그리고 우울감만 가득한 채로 지내던 어느 날, 그는 저녁 파티에서 툴리키 피에틸라라는 또다른 핀란드 예술가를 만난다.

그날 토베는 툴리키에게 춤을 청했다. (스캔들이었다!)

첫눈에 반한 사랑이었다. 두 사람은 무슨 일이 있어도 절대로 헤어지지 않을 터였다.

무민의 모험에 등장한 새 캐릭터 투티키. 투티키는 무민에게 겨울을 어떻게 보내야 하는지 알려준다.

토베와 툴리키 두 사람 모두
고립된 야생의 삶을 동경하고 있었다.

그래서 두 사람은 외딴섬에 전기도
들어오지 않는 집을 짓고서 그곳으로
도망치듯 서둘러 떠나버린다.

그리고 부러진 잔가지들로
폭풍우에 금방 사라질 구조물들을
만들며 지냈다.

(물론 이 은둔자들의 섬에까지 다짜고짜
들이닥치는 팬들의 발길은 끊이지 않았다.)

저기 좀 봐!! 무민 엄마다!!

1970년,
토베는 엄마를 여의었다.

완전히 낙담한 그는 무민 시리즈의
마지막 권을 쓰기로 결심했다.

그러고 나서 떠나자.
멀리. 오랫동안.

툴리키와 함께 세계
일주를 하는 동안
토베는 비로소
안정을 찾을 수 있었다.

목적 없이 그저 좋아서 하는 글쓰기가
다시 시작되었다.

한편, 1500만 권이 팔린 책을
비롯해 영화와 장난감까지…
무민 '브랜드'는 날로 번창했다.

토베는 동생 라르스에게
일을 최대한 위임하기로 한다.
(이때부터 그의 동생이 무민 이야기를
쓰기 시작한다.)

그리고 남은 날들은 글을 쓰고, 그림을 그리고, 담배를 피우고, 여행을 하며 툴리키와 함께하는 삶을 만끽했다.

크레이프를 만들어 먹고, 소풍을 가고, 이야기를 나누고, 서로서로 보듬어주는 무민 가족들처럼…

마치 그것 외에는 아무것도 중요하지 않다는 듯이.

두 사람의 마지막 여행지는 파리였다.

토베와 툴리키는 각각 86세와 92세의 나이에 세상을 떠났다. (토베는 폐암으로 사망했다.)

한 세계를 만들어 세우고, 오늘날 핀란드에서 가장 인기 있는 예술가인 토베는…

자신에게 가장 중요한 것들을 결코 잊지 않았다.

"오직 열정과 기쁨만이 진실할 수 있어요. 나에게 강요된 어떤 것도 내게 기쁨을 가져다주진 않았죠. 나에게도, 내 주변의 그 누구에게도."

Pénelope

아그노디스

부인과 의사

기원전 350년?

아그노디스는 기원전 4세기 아테네에서 태어났다.

어릴 적 그는 출산 과정에서 고통받고 목숨을 잃기도 하는 집안 여성들을 봐왔다.

대개의 경우 여자들 선에서 조치를 취하다 생긴 일이었다.

의사인 남자를 부르는 대신에.

사실 그 무렵 아테네인은 여성의 의료 행위를 금지하였다. 여자들이 임신중절수술을 시술할지도 모른다는 의심 때문이었다.

마녀들!

아무렴, 안 돼!

혼 좀 나야 해, 암!

(그리고 그렇게 그때까지 유지되고 있던 여성 의사와 환자 사이의 신뢰 관계를 깨뜨렸다.)

자, 자, 부끄러워하지 말고! 다리를 개구리처럼요!

성인이 된 아그노디스는 이런 부조리한 상황에 분개했다.

몸이 아픈 친구의 병문안을 가야 한다는 핑계로 아그노디스는 긴 여행길에 올랐다.

그러나 사실은 이집트로 향하는 여행길이었다.

여성들도 의학을 공부할 수 있는 나라 이집트로.

(비밀스럽게) 견고한 교육을 받고 그리스로 돌아온 아그노디스는 아테네 여성들을 돕기로 결심했다.

결국 그는 의사로 일하기 위해 남장을 결심한다.

아그노디스도 처음엔 다른 의사들처럼 환자들의 거부감에 부딪혔다.

그러던 어느 날, 아그노디스는 한 환자의 목숨을 구하고,

그 환자는 친구들에게 자신을 진료해준 특별한 의사에 대한 이야기를 전한다.

입에서 입으로 소문이 퍼지기 시작했고, 아그노디스는 곧 아테네에서 유명한 부인과 '남자' 의사가 된다.

이 불가사의한 독점 현상이 거슬리기 시작한 다른 의사들은…

그가 환자들과 간음한다며 아그노디스를 고발하기에 이르렀다.

원로 고발은 해?!!

그리고 아그노디스는 환자 남편들과 의사들이 참석한 법정에서 재판을 받는다.

그래요, 좋아요.

정 그러시다면.

궁지에 몰린 아그노디스는 자신의 결백을 증명할 더없이 명백한 증거를 드러내 보인다.

그러나 오히려 더 성질이 난 사람들은 (특히 기만당했다는 모욕감을 느껴) 아그노디스에게 사형을 선고한다. 불법 의료 행위를 했다는 이유였다.

그때 수많은 여성 환자들이 분노하여 들이닥쳤다. 그들은 남편들을 비난하고 다른 남자 의사들은 아무짝에도 쓸모없었다고 지적했다.

남자들은 수치스러워하며 결국 아그노디스에게 무죄를 선고했고,

아테네의 여성들은 의사가 될 수 있는 권리를 갖게 되었다.

Pénélope

리마 보위
사회운동가

1972~

1972년 2월 1일 라이베리아 몬로비아에서 보위 집안의 네번째 아이가 태어난다.

또 딸이네.

엄마는 그에게 리마라는 이름을 붙여줬다. ('내가 뭐가 잘못된 거지?'라는 뜻이었다.)

그러나 사람들은 모두 어릴 적 그를 '레드'라고 불렀다. 밝은 피부 색깔 때문이었다.

리마 가족은 할머니와 함께 살았다. 조금은 요술사 같았던 할머니는 가난해서 아이를 낳으러 병원에 가지 못하는 임신부들의 조산사가 되어주었다. (사람들은 할머니가 뱀을 다루는 능력이 있다고도 했다.)

리마의 부모는 허구한 날 싸웠다. 아버지가 틈만 나면 바람을 피웠기 때문이었다. 대신 리마는 언니들의 사랑을 듬뿍 받으며 자랐다.

라이베리아는 미국의 해방된 노예들이 세운 나라였다. 리마는 자연히 혼합된 문화의 영향을 받으며 성장했다.

반에서 일등이었던 리마는 의사가 되기 위해 대학에 갈 예정이었다. 성적이 좋으니 하고 싶은 대로 뭐든 할 수 있었다. 놀러 나가든, 춤을 추러 가든, 또 연애를 하든 그의 부모님은 간섭하지 않았다.

첫번째 남자친구는 사람들 앞에서 리마의 뺨을 쳤다. (리마는 그와 그 즉시 헤어졌다.)

리마는 동네에서 여러 종교의 친구들을 다양하게 사귀었다. 그러나 나라 전체는 집단 간의 긴장과 극심한 사회 불평등에 휩싸여 있었다.

(1) 미국 해방 노예 후손들과 토착민 간의 격차

(2) 다양한 부족 간의 격차

좋은 일자리를 ← 차지하는 크란족. 허드렛일로 근근이 살아가는 기오족과 마노족.

1989년, 찰스 테일러가 이끄는 반정부 조직 '라이베리아 애국전선(NPFL)'은 권력을 잡고 크란족을 몰아내겠다 공표한다. 내전이 발발했고, 사람들은 거리에서 서로를 향해 총을 쐈다.

공포에 질린 리마와 엄마, 언니들은 아무것도 챙기지 못한 채 교회로 피신했다.

도시는 초토화되었다. 리마는 17세였지만 이제 자신의 청소년 시절은 완전히 끝나버렸다는 걸 깨달았다. 하룻밤 사이 갑자기 어른이 된 것이다.

리마 가족은 가나에 마련된 임시 난민 캠프에 머물게 된다. (그다지 임시로 있을 것처럼은 아니었지만.)

낙담하지 않고 거의 집처럼 공간을 ← 꾸려가는 리마 엄마.

도넛 장사를 하는 리마. →

한편, 리마를 향한 뭇 남자들의 시선은 끊이지 않았고,

그중 한 사람이 유독 집요하게 접근해 왔다. 리마보다 나이가 많은 다니엘이란 남자였다. 리마는 그가 좀 이상하다고 (또한 과한 면이 있다고) 생각했지만, 그는 리마뿐만 아니라 그의 가족에게까지 선물 공세를 펼치며 자상히 챙겼다.

내가 데려다줄게.

이런 작은 친절들이 리마의 비참한 일상에 빛이 되었고, 리마는 그 나이대 여자의 평범한 삶도 느껴볼 수 있었다.

리마는 사랑에 빠졌다.

그러나 다니엘은 돌변했다. 집착이 심해지더니, 좀 폭력적인 사람이 되었다.

그리고 어느 날부터는 리마를 때리기 시작했다.

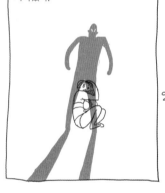

리마는 그와 헤어지기로 결심했다. 그러나 하필 삶은 그때 그에게 예기치 못한 일을 안겨준다.

내전은 더욱 격해지고 있었고, 1993년 그의 아들 조슈아가 태어난다.

아이가 생긴 후에도 다니엘은 전혀 달라지지 않았다. 리마를 더 많이 때렸고, 성적으로 학대했다.

리마는 억류당한 느낌이었다. 스스로 너무도 보잘것없는 존재 같았다. 아무짝에도 쓸모없는 사람. 그토록 앞날이 창창했던 그가 말이다.

우울증과 전쟁이 극에 달했을 무렵, 리마는 다시 임신을 하고 말았다.

그러던 어느 날 리마는 유니세프에서 전쟁 희생자를 돕기 위해 사회사업 교육 과정을 운영한다는 사실을 알게 된다.

네, 좋아요.

상관없어요. 그냥 집을 나오고 싶은 거니까.

(얼마 전 해고를 당해 굉장한 굴욕을 느낀) 남편은 그의 말을 묵살했지만, 리마는 필요한 돈을 빌려 교육을 받기 시작했다.

운명의 장난처럼 그곳에서 리마는 여성 폭력이나 가정 내의 부당한 관계에 대처하는 방법을 배웠다.

폭력의 고리를 끊어내기

리마는 현장에 파견되어 시에라리온 여성 난민들을 만났다.

그곳 여성들 대부분은 강간을 당하거나 상해를 입은 사람들이었다.

그럼에도 불구하고 그들은 강인했고, 투지가 있었다. 농담도 잘했다. 그리고 희망을 품고 있었다.

리마보다 열 배는 더.

리마가 그곳을 떠나는 날, 그들은 감사의 뜻을 전했다.

당신은 누구도 하고 싶어하지 않았던 일을 해줬어요. 우리의 얘기를 들어줬죠.

리마는 자신이 뭔가 도움이 되는 사람이라는 걸 깨달았다.

그는 점점 더 자주 현장에 나갔다. 아이들은 때때로 언니에게 맡겨야 했다. 집으로 돌아와 저녁이면 예전보다 더 많이 구타를 당했지만, 아랑곳하지 않았다. 이제 그에겐 목표가 있었기 때문이었다.

열일곱의 나였다면 절대로 이런 삶을 받아들이지 않았을 거야. 이건 전쟁 탓도 아니고, 아이들 때문도 아니야. 나는 쓸모없는 사람이 아니야. 나는 스물여섯 살이고, 지금보다 더 나은 삶을 살 가치가 있어.

나는 강해.

리마는 결국 뒤도 돌아보지 않고 아이들을 품에 안고서 길을 떠났다. 그렇게 간단히.

(또다시 임신을 했다는 사실은 모른 채.)

리마는 회복 프로젝트에 헌신했다. 전쟁 피해자들에게 힘을 북돋아주고, 무엇보다 그들이 '말하게' 하는 일이었다.

안녕하세요, 저는 리마라고 해요.

리마는 내전의 첫번째 희생자들이 여성이라는 사실을 깨닫는다. 여자들은 둘에 하나는 강간을 당했고, 아들은 소년병으로 징집됐고, 또 가족들을 부양하기 위해서 몇 킬로미터씩 다리품을 팔아야 했다.

그러나 누구도 그들에게 귀기울이지 않았으며, 관심조차 두지 않았다.

여자들은 희미한 촛불 곁에 몇 시간이고 둥글게 모여 앉아 각자의 시련에 대해 이야기했다. (첫 순서는 리마였다.)

우리 여성들은 항상 견뎌내야만 하죠.

여기선 아녜요.

리마가 긴 시간 임무를 수행하는 동안 아이들은 이모 집에서 지냈다. 아이들은 집으로 돌아온 리마를 낯설어했다.

아이들 냄새를 맡으려고 덮던 이불을 가져옴.

무척 고된 시간이었지만 리마는 모든 희생을 감수하며 학위를 따고 더 중요한 일을 맡기 위해 공부했다.

무엇보다 그는 배운다는 것 자체가 좋았다.

교육 과정의 하나로 리마는 소년병 출신 아이들을 사회로 재편입시키는 업무를 맡게 됐다.

악물에 중독되고, 비뚤어지고, 폭력적인 이 아이들은 배척해야 할 존재로 여겨졌다. (그리고 모두에게 두려움의 대상이었다.)

그러나 리마는 아이들 다루는 법을 잘 알았다.

나도 집에 너네 같은 애들이 넷이나 있어!

얌전히 구는 게 좋을 거다!

가나에서 열린 한 콘퍼런스에서 리마는 영혼의 반쪽처럼 잘 통하는 친구 셀마 에키요르를 만난다. 두 사람은 교육 정도 등 모든 면에서 달랐지만 단번에 가까워진다.

두 사람은 함께 평화협정에서 (여전히 소외돼 있는) 여성들을 중심에 세우기 위한 활동단체를 구상한다.

그것이 바로 평화구축 여성 네트워크,

WIPNET 이다.

리마는 책에서 배운 내용과 현장에서 얻은 지식들을 자기 방식대로 잘 조합시켜서, 중재 행위와 권리 획득 그리고 자존감 회복 교육에 힘썼다.

유엔에서 피난 시설과 물을 제공한대. 리마, 네가 정말 많은 걸 해냈어.

밖에선 민간인 저격과 야간 통행금지가 있었고, 사방에서 학살이 벌어졌다.

그러나 리마는 지치지 않고 어디든지 달려갔다.

리마는 여성들이 연대한다면 가능성이 있다고 확신했고, 전국의 여성들이 서로 힘을 합칠 수 있도록 노력했다.

라이베리아 여성들이여 깨어나라!

WIPNET

그리고 마침내, 평화를 중심으로 기독교와 이슬람교 여성들을 결집시키는 대단한 일을 해낸다.

종교는 상관없어요. 우리는 하나입니다! 그리고 우리 모두 이 전쟁이 지긋지긋합니다!

하지만 전쟁을 멈추려면 무엇보다 남자들의 행동이 필요했다. 그래서 리마는 라이베리아 여성들을 선동해 일명 섹스 파업을 통해 그 남편들에게 압박을 가했다.

잘 자요.

마침내 지도자들이 협상 개시를 위해 한자리에 모였다. 리마는 그들이 합의를 이끌어내기 전에는 회담장을 빠져나오지 못하도록 여성들을 모두 불러모았다.

못 말려요!

그거 안됐네요!!

리마의 호소에 수천 명의 여성들이 흰옷을 입고 군집해 대통령궁 앞에서 농성에 돌입했다. 나이와 종교, 사회 계층을 초월한 여성 모두가 모인 자리였다. 누구는 며칠을 걸어 도착했고, 누구는 흰옷이 없어 하얀 커튼을 대신 몸에 둘러야 했다. 하지만 모두들 그곳에 나와 있었다. 그리고 아무도 자리를 떠나지 않았다.

결국 리마도 협상 테이블에 앉게 된다. (가장 악랄한 인간들 옆자리에.)

PEACE
평화를 원한다
이제 지쳤다

한잔하실래요?

살인자들과는 술 안 마십니다.

그러나 힘없는 리마가 목격한 것은 전쟁을 이용해먹으려는 깡패 같은 권력가들의 악의와 태만뿐이었다.

심해도 너무 심했다.

14년이나 계속된 전쟁을 더이상 참아낼 수가 없었다.

여자들이 좋게 좋게 얘기하는 건 이제 다 끝이야!!!

지치고 절망한 리마는 옷을 벗고서 그들 앞에 완전히 맨몸으로 우뚝 섰다. (전통 신앙의 관점에서 굉장히 심각한 행위였다.)

이제 전 세계의 이목이 라이베리아로 집중됐다. 국제사회의 압력이 거세지자 찰스 테일러는 결국 2003년 8월 11일 정권에서 물러난다.
(용감하게도 그는 나이지리아로 망명했다.)

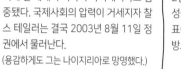

2년 후 선거가 치러졌다. 리마는 여성들, 특히 빈민층과 문맹자들이 투표에 참여하도록 설득하기 위해 백방으로 뛰어다녔다.

엘런 존슨설리프가 새로운 라이베리아 대통령이자 아프리카 최초의 여성 대통령으로 선출된다. 그는 찰스 테일러에 대해 범죄인인도를 청구하고, 훗날 테일러는 반인륜 범죄로 유죄를 선고받는다.

나쁜 년들.

리마는 자신의 소양을 좀더 갈고 닦기 위해 미국의 대학에 진학한다. 라이베리아 정부에 참여하는 건 거절했다.

나는 세계 여러 문제를 해결하기 위해 우리 여성들이 어떻게 연대할지 가르치는 일을 훨씬 잘해.

리마는 오늘날 여섯 아이의 엄마다. 그들은 모두 페미니스트다.

리마 보위는 2011년 노벨평화상을 수상했다.

Pénélope *

117

조르지나 리드
등대지기

1908~2001

조르지나 안출라타는 1908년 11월 3일 이탈리아 트리에스테에서 태어나…

어릴 적 엄마와 함께 미국으로 건너가 정착한다.

조르지나는 무엇이든 다 알고 싶어하는 호기심 많은 아이였다. 세상 만물은 어떻게 만들어지고, 또 어떻게 작동하는지.

밥부터 먹어야지!

아메리카의 새들

또 항상 책을 읽고, 무언가를 만들어내고, 그림을 그리며 시간을 보냈다.

조르지나는 15세의 어린 나이에 뉴욕 레오나르도 다빈치 미술학교에 입학한다. 학교측에서 입학 규정을 어긴 특별한 경우였다.

졸업 후 섬유디자이너로서 경력을 쌓던 그는 미래의 남편 도널드 리드를 만난다.

결혼 후 퀸즈 지역으로 이사한 두 사람은 늘 바다를 동경했다.

그래서 바다가 보이는 작은 집 한 채를 사기 위해 평생을 절약했다.

그리고 마침내 부부는 롱아일랜드 로키포인트 해안 절벽에 집을 구하고 남은 생을 평온하게 보낼 생각이었지만, 곧 이웃들에게 경고의 말을 듣는다.

참 안됐소만, 10년 안에 여기 집들은 다 물속에 잠길 거요! 침식 때문이죠.

실제로 갓 2년이 지나고 해안가에 불어닥친 폭풍우에 리드 부부는 정원의 30센티미터가량을 잃고 말았다.

도널드는 집을 팔고 싶어했으나 조르지나는 포기할 수 없었다. 그는 아주 오래전에 읽었던 책을 떠올린다.

이 책 이었던 것 같은데…

그는 바닷가에서 나뭇가지들과 갈대들을 주워 모았다. 그리고 책에 나온 일본 기술을 참고해 대략의 초안을 그린 뒤 무언가 만들기 시작했다.

조르지나가 제작한 것은 이랬다.

속이 빈 갈대를 따라 빗물이 땅속으로 스며듦

물은 투과하고, 모래는 그대로 남겨두는 천

절벽 흙더미를 단단히 지지해주는 널빤지들

파이프를 통한 배수

다음 여름, 또다시 억수 같은 비가 쏟아졌고, 리드 부부의 정원만 무사했다.

그런데 롱아일랜드에는 파도에 큰 피해를 입는 것이 또하나 있었다.

몬토크 등대였다.

섬의 동쪽 끝자락에 자리한 이 등대는 조지 워싱턴 시절 지어진 이래 거친 바다의 공격을 최전선에서 마주하며 매일 조금씩 후퇴하는 해안선을 지켜보고 있었다.

해안경비대는 바위를 쌓아 침식을 막아보려 했지만 별 소용이 없었다. 해안 절벽은 계속 무너져갔다. 1967년엔 가차없는 예산 절감으로 경비대의 타격이 컸고, 엄청난 유지비와 자동신호 시대에 뒤처진다는 이유로 등대 폐쇄가 결정되었다. 결국 동부 관할구에서도 등대 철거 계획을 발표했다. 해안에서 멀리 떨어져 파도로부터 안전한 지대에 현대적인 시설이 지어지고, 이 구식 등대는 바닷속으로 점차 사라질 터였다.

몬토크 주민들은 등대를 살려보자고 당국을 설득하기 위해 '라이트 인'이라는 항의단을 결성하여 오래된 등대 앞에 모였다.

그러나 주사위는 이미 던져진 상황이었다.

모든 희망이 다 사라진 듯한 1970년 어느 날이었다. 해안경비대 사무실에 150센티미터쯤 되는 웬 자그마한 여인이 결연한 태도로 들이닥쳤다.

첫눈엔 회의적이었지만, 이 나이 지긋한 부인의 계획이 큰 해가 될 것 같지는 않았다.

예산이 특히 맘에 들었던 해안경비대는 착수 허가를 내린다.

1970년 4월 22일, 조르지나는 남편과 학생 몇몇과 로키포인트 지역 은퇴자들의 도움을 받아 갈대와 모래주머니를 가지고 공사를 시작한다.

조르지나는 전문 기술자는 아니었지만, 실무 능력만큼은 놀랍도록 비상했다.

몇 시간, 며칠, 그리고 몇 주 동안 그들은 끈질기게…

심고 또 심었다.

1년이 지나도록 지켜만 보던 해안경비대는 난처함에 머리를 긁적이며 공사를 거들어주겠다 나섰다.

조르지나는 아주 끈기 있게 한 층 한 층 해안 경사면을 정비해 나갔다. (다리 한쪽이 부러졌을 때도 쉬지 않았다.) 날이 좋을 땐 10여 명의 지원자가 함께했고,

날이 궂을 땐 혼자서도 일했다.

일요일마다

15년 동안이나.

1985년 조르지나의 공사가 마침내 끝이 났다.

이제 등대는 공식적으로 위험에 서 벗어났고, 해안경비대는 등대의 수호자 조르지나에게 경의를 표하는 기념식을 마련했다.

기념식에서 미국 대통령이 보낸 축하와 감사 편지가 낭독되었고, 조르지나는 기쁨의 눈물을 흘렸다.

역사협회에서도 그에게 명예 배지를 수여했다.

몬토크 등대는 더이상 뱃길을 비추지는 않는다. 그러나 이제는 역사적인 기념물로서 관광객들을 맞이하고 있다.

KEEP CALM AND VISIT MONTAUK

인생의 끝 무렵 조르지나는 알츠하이머병을 앓는다.

미국 대통령이 누구인지는 몰라도, 그는 여전히 토목공사에 대해서는 기술적인 부분까지 세세하게 설명할 수 있었다.

배수 시스템이 정말 중요하지!

조르지나에게 자녀는 없었다. ("하나 있었지! 등대!") 수년 전에 리드 부부와 함께 공사를 도왔던 자원봉사자 가운데 한 사람이 간호사가 되어 그를 돌봤다.

그 간호사가 몬토크 등대에 조르지나를 마지막으로 데려간 것은 박물관이 된 그곳에 조르지나 리드 기념관이 문을 열던 날이었다.

조르지나 리드는 92세의 나이에 세상을 떠났다. 그는 역사협회에서 수여받은 배지와 함께 남편 곁에 묻혔다.

조르지나 리드
1908~2001
빛의 수호자

크리스틴 조겐슨
셀러브리티

1926~1989

1926년 5월 30일, 뉴욕 브롱크스에 사는 조겐슨 부부 사이에 둘째 아이가 태어났다.

아기는 사내아이의 몸을 하고 있었고, 부부는 아이에게 조지 주니어라는 이름을 지어준다.

조지는 아주 호리호리했고, 항상 싸움에 휘말렸다.

그는 다른 남자아이들처럼 옷을 입어야 하는 게 고통스러웠다. 때때로 여자 형제의 예쁜 원피스를 몰래 꺼내 입었고, 크리스마스 선물로는 인형을 받길 원했다.

자비를 베풀어주세요.
저는 기차가 너무너무 싫어요.

청소년기에 들어서서는 단짝 친구에게 질투심을 느끼기도 했다.

혹은, 그 친구의 여자친구를 시샘한 것인지도.

조지는 외톨이로 지냈다. 파티를 피하고, 감정을 잘 드러내지 않고, 때때로 아주 어두운 생각을 품었다.

그의 아버지는 그가 기분 전환할 수 있게 때때로 주방에서 사진 현상하는 법을 가르쳐주었다.

그러던 어느 날, 조지의 단짝이 전쟁에 징집된다.

잘 지내라, 친구야!

조지는 친구가 차라리 다시는 돌아오지 않기를 바랐다. 자신을 짓누르던 감정의 무게에서 헤어날 수 있도록.

한편, 조지는 체격 미달로 두 번이나 징집에서 제외되었다.

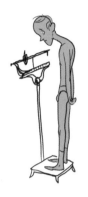

그러나 결국엔 입대를 하고, 군대에서 1년을 보낸다. 조지는 익명에 섞여든 채 별 탈 없이 지냈다. 군대에서의 삶이 썩 나빠진 않았다.

전쟁이 끝나고 조지는 사진 일을 시작했다. 하지만 자신감이 부족했던 그는 고객들을 대면하는 일이 몹시 괴로웠다. (스스로를 혐오하고 있다는 게 문제였다.)

방황하던 어느 날, 조지는 어떤 식의 답이든 구하고 싶어 아침 일찍 뉴욕 도서관을 찾는다.

이거랑 분비샘이랑 호르몬에 관한 책 전부요.

조지는 찾아낸 책들을 모두 읽었다. 그러나 의학적인 지식이 절실했고,

그래서 제대 군인의 교육비 등을 지원해주는 '제대 군인 원호법(G.I. Bill)'의 도움을 받아 생물학을 전공하기로 마음먹는다.

몇 달 간 수업을 들으며 조지는 가설 하나를 떠올리기 시작했다.

교수님! 그러니까 예를 들어, 음... 만약에 남자한테 여성호르몬을 주입...

말도 안 됩니다!

그러나 조지는 아무것도 잃을 게 없었다. 그는 결국 호르몬 주사를 직접 만들어 스스로 처치했다.

이것저것 가릴 때가 아니야.

(그리고 그는 크게 앓는다.)

의사 친구 하나가 그의 건강을 걱정하며 조언했다.

첫째, 그 어리석은 짓 당장 그만둬. 둘째, 이 문제에 관심 보이는 곳이 있어.

덴마크로 가, 조지.

마침내 조지는 떠나기로 결심한다. 그는 친구들과 가족들을 불러 단출한 송별회를 열었다. 하지만 떠나는 이유에 대해서는 자세히 밝히지 않았다.

네가 알던 조지에게 작별 인사 해.

그의 나이 23세, 코펜하겐에 발을 디딘다.

그리고 자신의 물음에 답을 줄 전문가를 찾아간다. 덴마크 국립혈청연구소의 내분비학자 크리스티안 함부르게르 박사였다.

안녕하세요, 제게 무슨 문제가 있는지 알고 싶어서요.

조지는 모든 것을 이야기했다. 자신의 절망과, 두 가지 성별 사이의 '무인지대'에서 죽을 것만 같은 심정. 또 남들 눈에 비친 모습은 진짜 자신이 아니라는 확신에 대해.

박사는 조지의 이야기를 들어주었다.

그는 조지를 함부로 재단하지 않았다. 별로 놀란 것 같지도 않았다.

당신은 남성의 성별적 특징들을 갖고 있어요.

그래서 남성으로 정의되지요.

그러나 그 속은 여성인 겁니다. 그뿐이에요.

그리하여 조지는 함부르게르 박사의 실험 대상이 되기로 했다. 위험 부담이 큰 호르몬 처치가 시작되었고, 이 처치는 3년 동안 지속되었다.

무척 위험할 수 있습니다.

어차피 지금처럼 살 순 없어요.

함부르게르 박사와 심리학자는 전 과정을 면밀히 지켜보았다. 조지의 몸과 얼굴은 서서히 바뀌어갔고, 그는 목소리의 음색을 고치려고 노력했다.

여보세요?

네, 저 맞아요.

박사는 다음 단계로 수술을 제안했다. 남성호르몬을 더욱 철저히 차단하기 위해서였다. 그러나 수술을 하려면 덴마크 법무부 장관의 허가가 필요했다.

좋습니다.

수술은 마침내 이뤄졌다. 그러나 조지는 공식적으로도 인정받길 원했다. 그는 여권을 수정하고 이름을 바꾸기 위해 미국 대사관을 찾아갔다.

크리스틴.

세계 최고 권위의 크리스티안 박사님에 대한 존경을 담아.

조지는 처음부터 언제나 여성이었다. 그러나 크리스틴은 세상 사람들의 눈에도 여성이었다. 이 새로운 이름 하나가 그에게서 모든 것을 바꿔놓았다.

마침내 원하는대로 옷을 입음. (무일푼이라 전에 입었던 양복들을 수선해 만듦.)

공식적인 첫 외출은 여자 친구들과 함께하는 미용실 순례였다.

내 인생 가장 행복한 순간이야.

크리스틴은 스스로 아름답고, 강인하다는 걸 느꼈다. 자신에 대한 확신이 생겼다. 그는 사진 일을 구했고, 영화 일도 새로 시작했다.

크리스틴은 함부르게르 박사에게 다음 수술 준비가 됐다고 전했다. 그러나 그는 무엇보다도 이제는 가족에게 기나긴 편지를 써야 할 때임을 직감하고 있었다.

미국을 떠난 우울하고 소심했던 그 아이를 기억하나요? 이제 그 사람은 더이상 존재하지 않아요. 자연이 실수를 범했고, 저는 그걸 바로잡았습니다. 나는 당신의 딸입니다.
크리스틴.

그런데 스캔들에 혈안이었던 〈뉴욕 데일리뉴스〉의 한 기자에게 그의 편지가 들어갔다. 기자는 크리스틴의 부모를 이용해 사건을 지나치게 단순화하며 거짓투성이의 자극적인 기사를 써냈다.

전직 군인 금발 미녀가 되다!!
조지 주니어는 거짓말 같은 수술을 통해 성별을 바꾸었으며, 덴마크에서

마취에서 깨어난 크리스틴은 쇄도하는 전보와 인터뷰 요청에 어안이 벙벙해졌다.

또 당신 전화예요. 어떡할까요?

결국 크리스틴의 부모가 파파라치를 따돌리기 위해 코펜하겐으로 직접 그를 만나러 왔다. 조겐슨 부부는 몇 년 만에 처음으로 딸과 재회한다.

정말 예쁘구나.

그리고 부모님과의 재회에 크리스틴은 당당히 미국으로 돌아갈 용기를 얻는다.

뉴욕 공항에는 300명의 기자들이 크리스틴이 도착하기만 기다리고 있었다.

크리스틴! 크리스틴! 크리스틴! 크리스틴! 크리스틴!

사실 크리스틴은 조용히 지내고 싶었다. 그러나 모두가 그를 만나고 이야기를 듣고 싶어했고, 그는 이 상황을 이용해 예전의 자신처럼 고통받고 있는 이들을 위한 메시지를 전한다.

감정적 고문과 조롱의 시대를 끝내야 합니다.

냉전이 팽배하던 시기, 자연에 대항한 과학기술의 승리에 미국인들은 열광했다.

크리스틴은 미래를 상징하는 인물이었다.

언론 매체들은 저마다 크리스틴을 만나려고 난리였다. 그는 모든 인터뷰에 차근차근 응했다. 신문사 앞으로 수많은 편지들이 도착했다. 그들이 결코 혼자가 아니라는 데 위안을 얻은 익명의 발신자들이 쓴 편지였다. 크리스틴은 일일이 답장하고 조언했다.

100% 남자, 100% 여자인 사람은 없어요.

크리스틴과 같은 선택을 한 사람이 아예 없었던 것은 아니다. 그러나 미국에서 그처럼 공개적으로 밝힌 사람은 아무도 없었다.

아메리칸 위클리

크리스틴 조겐슨은 누구인가

또한 크리스틴은 기사화하기에 이상적인 인물이었다. 사람들은 그의 용기를 가상히 여겼고, 특히 미모를 칭송했다. 그는 모두에게 인정을 받았다.

크리스틴은 평온한 삶을 열망했지만, 사람들의 소중한 호의를 분별 있게 잘 활용해야 한다는 책임감도 느끼고 있었다. 그는 기자들의 도움을 받아 교육자적인 자질을 발휘했다. 대학에서 강연을 했고, 자신의 삶과 경험을 책으로도 써냈다.

크리스틴

(이 책은 50만 부가 팔렸다.)

3년 후, 그의 이야기가 영화화된다. 그는 각색 과정에 고문으로 참여하며 본인 역으로 여자 배우를 섭외해달라 요청하지만, 제작사는 거부했다.

우껴 정말!!

1959년, 크리스틴은 연인에게 청혼을 받는다. 그러나 뉴욕 법원은 두 사람의 결혼을 승인하지 않았다. 크리스틴의 출생증명서상 이름이 '조지 주니어'라는 이유였다.

정말 모욕적이야.

게다가 기자들은 다른 여성들에게는 감히 하지 않았을 질문을 함부로 던졌다.

생리는 하십니까?

수술로 잘라낸 부분은 기념으로 갖고 계시나요?

특유의 매력은 빛을 잃고 그는 점차 동물원의 원숭이가 되어갔다. 그럼에도 언제나 굳건함을 잃지 않았다. 어느 TV 쇼에서 "당신 '부인'과는 어떻게 지내요?"라는 질문을 받았을 때 그랬던 것처럼.

(그는 이날 생방송중 자리를 박차고 나가 진행자 혼자 쩔쩔매게 만들었다.)

글래머 스타일에 용감한 여성의 이미지가 더이상 잘 팔리지 않자 미디어는 전략을 바꿔 '여장 남자' '퇴폐적인' 등의 표현을 쓰며 악의적이고 저열한 태도를 보였다. 잡지에서는 크리스틴을 지칭할 때 꼭 남성대명사를 사용했다.

이런,

놀라운 관용은 이제 끝났군.

요컨대, 사회는 '남자'와 '여자' 중간의 정체성을 받아들이지 못했다.

그래서 둘 중 뭐라는 거야?

애매해.

타임스

요컨대, 그는 질서를 흩뜨리는 사람이었다.

하지만 그는 여전히 수많은 기사를 양산하는 화제의 인물이었다.

허시허시!

단독 보도!!

크리스틴, "남자로 돌아가고 싶어요!"

측근들이 밝히는 충격적인 이야기

그래서 크리스틴은 생각했다. 목소리를 내기 위해 조롱을 감수해야 한다면, 받아들이기로.

그는 용감히 맞서기로 했다. 끈기 있고 침착하게 대응해나갔다. 우려와 반감을 무릅쓰고 그는 자신을 감추고 살아가는 모든 이들의 공공의 얼굴이 되고자 노력했다.

몸은 중요하지 않아요. 나는 여성입니다. 내가 그걸 원하니까요.

크리스틴은 자선 행사에 자주 참석했고, 스칸디나비아의 한 단체에서 뽑는 '올해의 여성'으로 선정되기도 했다.

그는 셀러브리티의 삶을 살았다.

무대에 서보지 않겠냐고 제안해오는 에이전시가 있을 정도였다.

제… 제가요??

그렇게 크리스틴은 맨해튼 '프레디 서퍼클럽'의 무대에 올라 〈나는 여자인 게 좋아요〉라는 노래를 부른다. 그리고 큰 성공을 거뒀다.

한번은 라스베이거스의 사하라 호텔이 그와 수차례의 공연 계약을 맺었다가 그가 여성이 아니라 남성이라며 트집을 잡고 하차를 통보한 일이 있었다.

버라이어티쇼 예술인 조합이 그를 돕기 위해 나섰다. 그리고 호텔측에서 크리스틴에게 매주 12000달러를 지불하게 했다.

가수 경력 덕분에 크리스틴은 캘리포니아에 정착하여 그곳에서 남은 생을 안락하게 보냈다.

말년에는 미국 부통령에게 공식 사과를 요구한 일도 있었다. 부통령이 다른 정치인을 조롱할 목적으로 크리스틴을 거론했기 때문이었다.

공화당의 크리스틴 조건슨이군.

하하하하하

크리스틴은 사람들의 사고방식이 점차 나아진 데 기뻐했다.

요즘 같은 때 성전환을 했다면 아무도 신경 안 썼을 텐데!

이젠 흔해졌잖아.

62세의 나이에 크리스틴은 암으로 사망했다. 어쩌면 굉장히 실험적인 처치를 몇 년이나 지속적으로 받은 것이 어느 정도 영향을 미쳤을지도 모른다. 유골은 그의 조카들과 친구들이 바다에 뿌려주었다.

크리스틴은 호기심의 대상이 되는 걸 무릅쓰고 친근하고 경쾌한 이미지의 공인을 자처했다. 그러면서도 사람들이 절대로 함부로 대하지 못하도록 신경을 기울이며, 여성으로서 살아갈 권리를 언제나 침착하고 당당하게 내보였다.

안녕, 심술쟁이든!

또한 끊임없이 대중의 시선에 시달리면서도 품위 있게 살아갈 권리를 포기하지 않았다.

사람들에게 자신의 진짜 모습으로 살아갈 용기를 주기 위해 크리스틴은 공인으로서 대중 앞에 나서는 커다란 도전을 했다.

"내가 성 혁명을 이끌어낸 사람은 아닌 거예요. 그래도 그 혁명으로 나아가도록 채찍질 정도는 했죠."

Pénélope

무측천
황제

624~705

개기일식이 있었던 어느 해 2월 17일, 아기 무조가 태어났다.

쓰촨성 지역 유지였던 아버지는 아이에게 되도록 많은 책을 읽게 했다.

그는 일찍부터 총명함이 돋보였고 어린 나이에도 문예에 조예가 남달랐다.

에이, 쉽잖아! 나는야 플라톤!!

또한 보기 드문 미모까지 겸비했던 그는 14세의 나이에 당시 여성으로서 오를 수 있는 가장 명망 높은 자리…

…황제의 후궁 자리에 오른다.

아.

아이는 '재인(才人)'에 책봉되었다. 태종 황제의 후궁 가운데 다섯번째 품계로, 무늬뿐인 자리였다.

그러던 어느 날, 그가 황제 앞에서 사납기로 소문난 말 한 마리를 길들여보겠다고 나선 일이 있었다. 이 일로 태종은 처음으로 그를 눈여겨보게 된다.

글도 쓸 줄 아는 것 같더구나.

5개 국어로요. 왜요?

태종은 그에게 '무미랑'(예쁘장한 소녀)이라는 이름을 지어주었다. 그가 황제의 비서관 정도가 되었다는 의미였다. 무미랑은 하루 온종일 국사와 공문서들에 몰두하며 지냈다.

그때 무미랑을 한눈에 알아본 사람이 있었으니, 바로 황제의 아들 이치였다.

649년, 태종 황제가 세상을 떠났다. 관례에 따라 후궁들은 속세와 떨어진 절에 들어가 비구니가 되어 남은 생을 보내야 했다.

그사이 황제에 즉위하고 결혼을 한 고종 이치는, 3년 동안 줄곧 무미랑을 찾아간다.

그러다 마침내 무미랑을 다시 후궁으로 들이는 데 성공한다. (즉, 선황의 후궁을 아들이 또다시 후궁으로 삼은 것이다. 이 사건은 모두의 공분을 샀고…

…특히 고종의 황후 왕씨와 정식 후궁이었던 소숙비에게 위협적인 일이었다.)

무미랑이 고종과의 사이에서 첫번째 아들, 즉 황태자가 될 수도 있는 아이를 낳자 긴장감은 한층 더 고조되었다.

(하지만 이때까지만 해도 무미랑은 질투와 시기심으로 날 선 무리를 딱히 저지하려고 애쓰지는 않았다.)

그런데 얼마쯤 시간이 흐르고 무미랑이 딸을 낳았을 때였다. 애통하게도 아기는 질식사하고 마는데, 석탄 난방을 하던 궁궐에 환기가 잘 안 된 탓이었을 것이다.*

* 무미랑이 자기 딸 직접 목 졸라 죽였을 거라는 역사가들의 주장도 있는데, 이는 지나치게 부조리해 보인다.

무미랑은 황제의 딸을 죽인 범인으로 자신의 반대 세력을 지목한다. 고종은 그의 말을 믿어줬다.

그리하여 황후와 소숙비는 궁 밖으로 쫓겨나고, 얼마 후 처형되었다.

고종과 무미랑은 결국 부부가 된다.

결정권을 쥔 자리에 그토록 가까워졌으니 주요 사안마다 의견이 넘쳐났던 새 황후는 사사건건 간섭하지 않고는 배길 수가 없었다.

아니, 이걸 승인 안 한다고?!

조언은 밤낮없이 이어졌다.

있잖아, 세금 인하 문제 다시 잘 생각해봤는데…

사람들은 황제와 무후를 '두 성인(二聖)'이라 칭하였고, 두 사람은 당나라를 함께 통치한다. 그러나 660년 고종 황제가 중풍에 걸리면서 무후가 황제 대신 국사를 보는 일이 잦아졌다.

하지만 여자 말에 복종해야 하는 상황에 배알이 뒤틀린 조정 대신들 때문에 무후는 그다지 권력과 권한을 발휘하지 못했다. (그들에게 황후는 '새벽에 우는 암탉'이었다.)

성가신 무후에 맞서 음모가 추진되고 있었다. 무후는 위기를 느꼈고,

반대파를 몰아내기 위해 일종의 비밀경찰을 만들었다. 많은 이들이 투옥되거나 혹은 더 끔찍한 최후를 맞았다.

고종 황제가 세상을 떠나고, 황태자였던 삼남이 뒤를 잇는다.

그러나 무후는 그가 몹시 마음에 들지 않았다.

급기야 무후는 삼남을 내쫓고 막내아들을 즉위시켰다. 그 역시 무능하긴 마찬가지였으나 훨씬 유순했기 때문이었다.

그는 새 황제가 연설을 어려워한다는 명분을 내세워 아들 대신 정사를 관장했다.

그리고 690년, 예종은 결국 가면을 벗고 황제 자리에서 물러나며 어머니에게 권력을 넘겨주었다.

무후는 공식적으로 황제의 자리에 등극한다. 그는 스스로를 '성신황제'라 칭하며 중국 역사상 최초이자 유일한 여황제가 되었다.

모두의 반대에도 불구하고 황제 무측천은 남편의 왕조와 구분짓기 위해 국호를 바꾼다. 이것이 역사상 가장 짧게 이어진 무주 왕조다. (690~705)

그때부터 귀족, 정치인, 원로, 그리고 거의 대부분의 관료 들은 한뜻으로 무측천과 반목하기 시작했다.

하지만 그들에게 시련은 시작에 불과했다. 앞으로 무측천이 펼치는 정책마다 그들의 화를 돋웠다.

먼저 무측천은 권력의 통로를 대청소하는 일부터 시작했다. 가장 부패한 이들은 척결하고, 한직에 머물며 태만한 자들이나 무능한 자들에게 능력을 증명할 시험을 치르게 했다.

낙제!!

일례로, 지방 관료들은 농사 능력을 평가받았다.

능력주의를 통해 다양한 인재를 등용할 수 있으리라 확신한 무측천은 출신 계급에 상관없이 능력 있는 사람은 누구든 스스로 정치에 참여하도록 장려했다.

장난합니까?!!

또한 연줄이나 낙하산 채용을 뿌리 뽑기 위해, 정권을 구성할 인물들을 유례없이 직접 면접했다.

저의 단점은 완벽주의자라는 것입니다...

이렇게 해서 그는 그의 재상(宰相)처럼 능력 있고 새로운 인재들을 발굴해냈다.

한편 (유교 문화에 의해 저평가되어 온) 여성의 위상을 회복하기 위해, 학자들이 역사 속 여성 위인들의 전기 편찬에 몰두하도록 지원을 아끼지 않았다.

그리고 황후 시절부터 12개의 개혁 조치를 통해 교육, 권리, 공직 기회 등 여성의 사회적 지위를 향상시키려 노력했다. (여성들은 대개 영점에서 출발한다는 점을 잘 알고 있었기 때문이다.)

비교해보자면, 같은 시기 메로빙거왕조 시대 여성의 사회적 지위는 한없이 미미했다.

무측천은 또한 불교의 힘을 견고히 했다. 병력을 최소화하고 국방 예산을 줄이면서까지 어마어마한 수의 작업장을 세웠고, 그렇게 만들어진 불상들은 오늘날 유네스코 세계문화유산에 등재돼 있다.

그런데 그가 무엇보다도 관심을 쏟고 목표로 삼은 것은 농민들의 생활환경을 개선하는 일이었다. (그리고 농민들에게 부과된 세금을 낮추는 것이었다.) 실제로 그는 노동법의 시초를 확립하였다.

그런 그에게 반대파가 생기기 마련이었다.

인생의 마지막 무렵, 쇠약해진 그는 아들에게 순순히 황위를 내준다. 권력을 잡은 아들은 즉시 아버지의 왕조를 다시 이어갔다. 마치 어머니의 왕조는 그 사이에 잠깐 끼인 부차적인 시기였다는 듯이.

(무측천은 말년까지 애인을 여럿 두었다. 그중 유명한 두 형제는 그보다 50세 가까이 어렸다.)

그는 82세의 나이에 세상을 떠났다. 전통에 따라 묘비에 그의 공적을 새겨넣는 것은 후인들의 몫이었다.

그러나 오늘날 그의 비석에는 글자 하나 새겨져 있지 않다.

오랜 세월 역사가들은 무측천이 조직한 비밀경찰과 반대파 숙청에만 주목하며 그를 중국판 〈이상한 나라의 앨리스〉의 하트여왕처럼 그려왔다.

또 야망 때문에 잠자리한 거처럼!

하지만 무측천의 이 짧은 왕조가 평화, 예술, 사회 발전 등 여러 면에서 중국 역사상 가장 번영한 시기로 손꼽힌다는 점을 생각해본다면 무척 의외의 관점이다.

반면, 그의 "막강하고" "야심만만하고" "강경한" 성품은 유독 철저하게 밝혀지고 강조되어왔다.
…
역사 속 거의 모든 황제들의 공통적인 특징들일 뿐인데 말이다.

여황제의 면모로는 받아들이기 쉽지 않았던 게지요.

옮긴이 **정혜경**

경희대학교 국어국문학과를 졸업한 후 출판사에서 어린이책 만드는 일을 했다. 지금은 프랑스 파리3대학에서 공부하고 있다. 옮긴 책으로 『나의 작고 작은』『잠시만요 대통령님』『쫌 이상한 사람들』『싸움에 관한위대한 책』이 있다.

문학동네 세계문학

걸크러시— 삶을 개척해나간 여자들 1

1판 1쇄 2018년 9월 20일 | 1판 2쇄 2020년 6월 9일

지은이 페넬로프 바지외 | 옮긴이 정혜경 | 펴낸이 염현숙

책임편집 김미혜 | 편집 이현정
디자인 신선아 김선미 | 저작권 한문숙 김지영 이영은
마케팅 정민호 이숙재 양서연 박지영 | 홍보 김희숙 김상만 지문희 우상희 김현지
제작 강신은 김동욱 임현식 | 제작처 영신사

펴낸곳 (주)문학동네
출판등록 1993년 10월 22일 제406-2003-000045호
주소 10881 경기도 파주시 회동길 210
전자우편 editor@munhak.com | 대표전화 031) 955-8888 | 팩스 031) 955-8855
문의전화 031) 955-3578(마케팅) 031) 955-8860(편집)
문학동네카페 http://cafe.naver.com/mhdn | 트위터 @munhakdongne
북클럽문학동네 http://bookclubmunhak.com

ISBN 978-89-546-5294-0 04860
ISBN 978-89-546-5293-3 (세트)

www.munhak.com